कलछी और कलम

(लघुकथा संग्रह)

खुशबू बरनवाल 'सीपी'

PRACHI PUBLISHING

ISBN : 9789347259906
Edition : First, March 2026
Title : Kalchhi aur Kalam
Author : Khushbu Baranwal 'Seepy'
Cover Page : Deshna Khushraj

Published by

PRACHI PUBLISHING

An Imprint of **Taneesha and Prachi NextGen Publication**

Registered Office: Sunil Complex, 2nd Floor, Vijay Nagar,
Western Kutchery Road, Meerut - 250002, Uttar Pradesh, India
Website : www.prachipublishing.com
E-mail : support@tpnextpub.com
Phone : +91 9760418103

Printed by :
Manipal Technologies Limited, Bengaluru - 560001, Karnataka

समर्पण

'कलछी और कलम' पुस्तक मैं उन सभी स्त्रियों को समर्पित करती हूँ जो अपनी जिम्मेदारियों को निभाते हुए अपनी अभिरुचि और कला को जीवित रखने का प्रयास करती हैं।

भूमिका

स्त्री जीवन के विविध रंग

कम शब्दों में मारक क्षमतायुक्त लघु आकारीय ऐसी कथा, जिसमें क्षण विशेष पर ध्यान देना आवश्यक। लघुकथा में कथा तत्व होता है पर यह छोटी कहानी नहीं होती।

शीर्षक चुंबकीय आकर्षणयुक्त, कहन को खोलनेवाला होने से पाठक के मन को छूता है।

अंत सकारात्मक हो या चिंतनीय, होता है बेहद महत्वपूर्ण। पंच लाइन तगड़ा होना आवश्यक, कथ्य सुस्पष्ट होना चाहिए।

जहाँ लघुकथा का अंत, पाठकों के लिए वहाँ से बात शुरू होती है। पाठक सोचने के लिए विवश।

किसी में संवाद पर बात खत्म, किसी में संवाद के बाद एक-दो पंक्तियों में।

भूलकर भी अपना निर्णय देना लघु कहानी की ओर मुड़ना है।

'लघुकथा' 'लघु कथा' नहीं होती।

इस आधार पर देखें तो

खुशबू बरनवाल 'सीपी' की लघुकथाएँ कहीं मानक पर खरी उतरती हैं, कहीं थोड़ी दूरी बना लेती हैं।

रचनाओं का भाव पक्ष मजबूत। अपनी बात खुलकर कहती जीवन के विविध रंगों से सजी ये जीवंत लघुकथाएँ सीधे जीवन से ही उठाई गई हैं।

स्त्री जीवन के विविध रंग इन लघुकथाओं को पठनीय बनाते हैं। नितांत घरेलू महिला की अति व्यस्तता के बीच भी उत्साह से विविध सृजनात्मक कार्य करना यथार्थवादी स्थिति है।

न जाने कितनी स्त्रियाँ ऐसे ही अपने नृत्य, गायन, पेंटिंग, लेखन के शौक पूरे करती रहती हैं। अतः पुस्तक का शीर्षक 'कलछी और कलम' बहुत सार्थक है।

एक स्त्री जीवन की धुरी होती है। और उसके जीवन की धुरी रसोई, कलछी, छोलनी, कढ़ाही। ऐसे में कलम का साथ स्त्रियों को मजबूती प्रदान करता है।

इसी शीर्षक से रची गई लघुकथा में वह यथार्थवादी उत्साह देखा जा सकता है। मेहनती, लगनशील लेखिका खुशबू बरनवाल का सच भी।

खुशबू बरनवाल 'सीपी' ने अपनी लगभग 75 लघुकथाओं में स्त्री, परिवार, जीवन,

प्रकृति, पर्यावरण रक्षा, देश और समाज के कई ज्वलंत प्रश्न उठाए हैं।

व्यक्ति, परिवार और समाज से ही रचित है। अतः यहाँ भी परिवार, समाज के कई मुखर प्रश्न हैं।

पर इतने बड़े संसार में अनगिन अन्य समस्याएँ, विडंबनाएँ भी मुँह बाए खड़ी हैं। ऐसे में लेखिका ने अपनी दृष्टि और सोच को विस्तार देते हुए उन पर भी कलम चलाई है।

कुछेक लघुकथाएँ मारक क्षमता से युक्त हैं, सोचने के लिए विवश करती हैं। कुछेक सामान्य कथानक-कथ्य के बावजूद सराहनीय हैं।

प्रथम लघुकथा पुस्तक के लिए खुशबू को बहुत बधाई व शुभकामनाएँ!

अनिता रश्मि
राँची

आमुख

'कलछी और कलम' लघुकथा विधा में मेरी पहली पुस्तक है। मेरी चार पुस्तकें प्रकाशित हो चुकी हैं। 'कलछी और कलम' मेरी पाँचवी पुस्तक है।

लघुकथा गद्य साहित्य की स्वतंत्र एवं लोकप्रिय विधा है। लघुकथा अन्य गद्य विधाओं से अलग है क्योंकि बिना किसी पर कुछ आरोपित किए यह बड़ी सटीकता और सूक्ष्मता से एक विचार, एक प्रश्न, एक समाधान छोड़ जाती है। कहानी में सब कुछ विस्तार से बताया जा सकता है परंतु लघुकथा में जो छिपा रहता है दरअसल वही उद्घाटित होता है। लघुकथा में तथ्य और शैली के प्रति अतिरिक्त सजगता चाहिए सही कथ्य और संदेश का होना सार्थक लघुकथा के निर्माण की नींव होती है। कथा से पाठक के मन में जिज्ञासा बनी रहे, धीरे-धीरे आगे बढ़ते हुए पंक्ति में कोई चौंकाने वाला प्रेरक तथ्य प्रभावी तरीके से लिखा जाए, वही लघुकथा का पंच है। शुरुआत में पंच का भेद न खुलने देना और एकाएक एक विशेष संदेश का उभर के आना ही लघुकथा की सार्थकता है। लघुकथा कालखण्ड दोष से मुक्त होना चाहिए। लघुकथा कम शब्दों में 'गागर में सागर' भरने वाली युक्ति से प्रेरित होनी चाहिए।

मैं बचपन में प्रायः कविताएँ ही लिखती थी लेकिन एक भाषण प्रतियोगिता में 'जनसंख्या संसाधन या बोझ' में पुरस्कृत हुई। इसी शीर्षक को लेकर मैंने एक नाटक भी लिखा था और इसका मंचन भी किया था। इसके लिए मुख्य अतिथि द्वारा मैं पुरस्कृत भी हुई थी। कुछ कहानियाँ भी बाल्यावस्था में लिखी थी जो गुम हो गईं। लघुकथा का सफर एक साझा संकलन के साथ शुरू हुआ और सही मार्गदर्शन पाकर इस विधा में अपनी लेखनी चलाई और कई रचनाएँ पुरस्कृत भी हुई हैं। कलछी के साथ कलम में भी माँ शारदा की कृपा मुझे मिली है इसलिए मैंने इस पुस्तक का नाम 'कलछी और कलम' रखा है। इस पुस्तक में लघुकथाएँ मुख्यतः रिश्तों का ताना-बाना बुनती हुई अति भावनात्मक संवेदनाओं से परिपूर्ण हैं। लघुकथाओं में नारी मन की संवेदनाएँ मुखरित मिलेंगी साथ ही साथ मेरे आस-पास मेरे अपनों के पास और जिस समाज में मैं रहती हूँ, उन्हीं की गलियों में विचरते हुए मेरी लेखनी चलती रही है। मैंने अपने आसपास के बिखरे अनुत्तरित प्रश्नों को भी उठाया है। इसके समाधान के लिए कई प्रश्नों को फिर जन्म लेना पड़ेगा। मैंने आसपास के परिवेश और भावनाओं को और उसे समझने की शक्ति को सरल शब्दों के माध्यम से पाठकों के मन मस्तिष्क में प्रभाव छोड़ने का प्रयास स्वरचित लघुकथाओं के माध्यम से किया है।

'कलछी और कलम' रचना जिम्मेदारियों संग सृजन को बढ़ावा देती है। इसमें एक

गृहिणी जिम्मेदारियों को निभाते हुए शौक में भी निपुण होने की चाहत रखती है। कुछ रचनाएँ कलछी द्वारा नारी मन को उकेरती हैं। **ईर्ष्या, प्रसिद्धि, आशा की किरण, मातृभाषा** जैसी कुछ रचनाएँ कलम के माध्यम से साहित्यिक दुनिया के नकारात्मक और सकारात्मक पहलुओं को दर्शाती है। **वचन, एक गिलास पानी, मान** जैसी रचनाएँ देश प्रेम से ओत-प्रोत हैं। **दाखिला, निजी अस्पताल, सड़क, विसर्जन, भीख** इत्यादि जैसी रचनाएँ समाज में फैली कुरीतियों को समाप्त करने का आह्वान करती हैं। **जिज्ञासा, चैटिंग, रील्स, कवच** आदि जैसी रचनाएँ आधुनिक युग और बदलते परिवेश की समस्याओं पर चोट करती हैं। **सैनेटरी नैपकिन, पौष्टिक खाद, नई शुरुआत** जैसी रचनाएँ नई सोच को बढ़ावा देती हैं। मैंने इस पुस्तक में कुछ लघुकथाओं को चित्रों के साथ पाठकों के लिए रोचक बनाने का प्रयास किया है।

लघुकथा का बीज मेरी लेखनी में डालने के लिए मैं आ० मनीषा सहाय जी और उसे पौध रूप देने के लिए आ० रंजना वर्मा 'उन्मुक्त' जी का आभार व्यक्त करती हूँ।

'कलछी और कलम' अक्षरशः पढ़कर पुस्तक की भूमिका और आशीर्वचनों के लिए वरिष्ठ साहित्यकार व लघुकथाकार परम आ० अनीता रश्मि जी का हृदय तल से आभार प्रकट करती हूँ।

प्रथम श्रोता जो सिर्फ मेरे जीवन साथी नहीं अपितु साहित्यिक लक्ष्य को मूर्त रूप देने में हमेशा मुख्य भूमिका निभाते हैं। आभार प्रकट न करके उन्हें मेरी सभी साहित्यिक गतिविधियों में सम्मिलित होने का आग्रह करती हूँ।

मैं परिवार के हर सदस्य का आभार व्यक्त करती हूँ जिन्होंने अपने स्नेह वचनों से मेरी हर साहित्यिक उपलब्धियों को सराहा है।

इस पुस्तक में लघुकथाओं को मेरे साथ चित्र रूप में जीवंत करने के लिए और इस पुस्तक के आवरण पृष्ठ के लिए अपने बच्चों को स्नेहाशीष देते हुए उनके उज्ज्वल भविष्य की कामना करती हूँ।

'कलछी और कलम' के माध्यम से मैंने गृहिणियों को माँ अम्बे की तरह कई भुजाओं से प्रत्येक जिम्मेदारी को निभाने के प्रयास को कलमबद्ध किया है। जिम्मेदारी संग शौक में निपुण होने की अदम्य इच्छा को प्रस्तुत करती है 'कलछी और कलम' पुस्तक।

आपको पढ़ते हुए यह अनुभूति होगी कि इसके पात्रों के सिर्फ नाम काल्पनिक हैं। पात्र काल्पनिक नहीं है मेरे और मेरे इर्द-गिर्द के ही हैं। मुझे आशा ही नहीं पूर्ण विश्वास है कि मेरी पुस्तक की प्रत्येक कथा पाठकों के हृदय तक पहुँचेगी।

खुशबू बरनवाल 'सीपी'

अनुक्रमणिका

क्र.सं.	शीर्षक	पृष्ठ सं0
1	कलछी और कलम	13
2	लिपस्टिक	15
3	बनारसी साड़ी	16
4	पचास रुपये	17
5	निर्जला उपवास	18
6	दाखिला	20
7	समधिन मिलन	21
8	लहसुन प्याज	23
9	कछुआ गाड़ी	25
10	पेड़ मित्र	27
11	वचन	29
12	ईश्वर की मार	30
13	अनाथ बच्चा	32
14	कवच	34
15	छोटी शुभचिंतक	36
16	दिखावा	37
17	सच्चा कौन	39
18	निर्णय	41
19	आत्मसम्मान	43
20	सार्थक इच्छा	46
21	बेजान मूरत	48
22	भावनाएँ	51
23	त्याग	53
24	दर्द	55
25	मातृभाषा	57

26	सशक्त	59
27	बदलाव	60
28	अद्भुत मिलन	63
29	अनमोल उपहार	66
30	दोहरी जिम्मेदारी	67
31	प्रण	69
32	अकेला चना भी	70
33	अनोखा उपाय	72
34	चौखट	74
35	भेदभाव	75
36	मिलेट्स	76
37	स्वार्थ	77
38	युक्ति	78
39	प्रतिकार	80
40	बुरी बहुएँ	83
41	संकल्प	84
42	नई दिशा	86
43	प्रभार	87
44	अनहोनी	88
45	सैनेटरी नैपकिन	89
46	जिद	91
47	प्रतिद्वंदी	94
48	भले लोग	96
49	जिज्ञासा	97
50	अंतर	98
51	चैटिंग	100
52	रील्स	103
53	गँवार कि समझदार	105
54	जन्मदिन	107
55	कुल्हिया-चुकिया	109

56	विश्वासघात	110
57	ईर्ष्या	111
58	जिम्मेदारी	112
59	लत	114
60	अनोखी बहू	116
61	अनुदान	117
62	प्रसिद्धि	118
63	खाँसी	119
64	चयन प्रक्रिया	120
65	नई शुरुआत	121
66	आशा की किरण	123
67	अनचाहा शक	124
68	पौष्टिक खाद	126
69	भीख	128
70	इकलौता पेट	130
71	सड़क	132
72	निजी अस्पताल	134
73	विसर्जन	136
74	एक गिलास पानी	139
75	मान	142

कलछी और कलम

"क्या बात है अन्नपूर्णा! इतने दिनों के बाद आया हूँ, तुम चेहरे से तो खुश दिख रही हो लेकिन अंदर से दुखित हो ऐसा मुझे महसूस हो रहा है।"

"कुछ नहीं... मैं ठीक हूँ।" "अच्छा ठीक है, तुम घर का काम निबटा लो फिर बाहर बगीचे में टहलने चलते हैं।"

"हाँ ठीक है, बच्चे भी सो गए हैं।"

उसके पश्चात दोनों बगीचे में टहलने निकल गए।

"कुछ परेशानी है तो बताओ। मैं जानना चाहता हूँ।"

"कुछ नहीं..."

"अच्छा छोड़ो इन बातों को। क्या आज ही तुम्हारी काव्य गोष्ठी थी? तुम कब लौटी?"

"मैं शाम को पाँच बजे लौटी हूँ। आते हुए मैंने हरी सब्जियाँ भी ले लीं।" बोलते हुए आँखों से दो-चार मोती गाल पर लुढ़क गए।

मयंक के जोर देने पर उसने कहा, "मैं अब गोष्ठी नहीं जाऊँगी क्योंकि मुझे अच्छे से लिखने का ज्ञान नहीं है। मैं तो सिर्फ भाव लिख देती हूँ जब समय मिलता है।... पढ़ने का समय उतना नहीं मिल पाता है। जिम्मेदारियों संग शौक में निपुण होना कठिन है।"

"समझ सकता हूँ। जब मैं कई महीनों तक घर पर नहीं रहता हूँ तब पूरे घर को संभालते हुए वक्त निकालकर सृजन करती हो। दूसरों की शिकायत करके नकारात्मक ऊर्जा तैयार नहीं करती।"

"हाँ... लेकिन..."

"नृत्य, गायन, चित्रकला, पाककला, बागबानी, लेखन इतने सारे शौक पूरे करते हुए जिम्मेदारी निभा रही हो। यदि किसी कार्य में पूरी तरह से निपुण नहीं हो तो इसमें उदास होने की कोई बात नहीं है।... तुम तो साक्षात सर्वगुण संपन्न देवी हो, श्रीमती जी।" मयंक ने अन्नपूर्णा को छेड़ते हुए कहा।

अन्नपूर्णा शर्म से लाल हो गई।

"प्यारी पूर्णा! वैसे भी किट्टी पार्टी में हॉजी के बदले कलम से खेलती हो, खुशी की बात है न? प्रत्येक चीज में सकारात्मकता को ढूँढो। तुम्हारी लेखनी में जरूर धार आएगी। मुझे पूर्ण विश्वास है।"

अन्नपूर्णा स्तब्ध होकर चेहरा देखती रह गई।

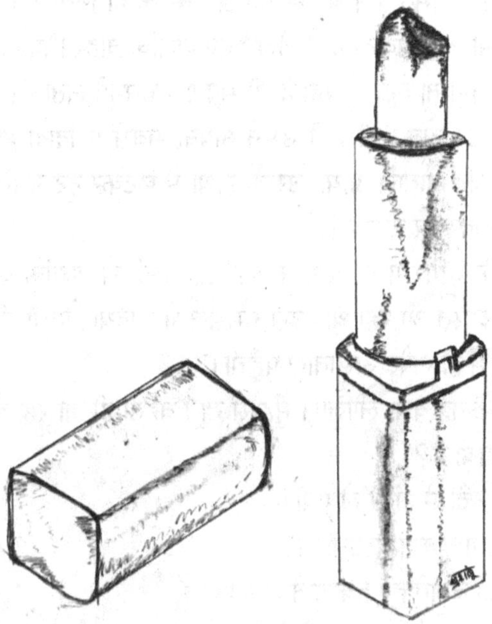

लिपस्टिक

"नहाकर जल्दी निकलो प्राची, मैं कपड़े बदल रहा हूँ। बॉस का कॉल मीटिंग के लिए आया है, मैं ऑफिस के लिए निकल रहा हूँ।"

"शब्दांश अभी भी सोया हुआ है, न?"

"हाँ... मुझे पता है तुम स्नान घर से मेकअप करके ही निकलती हो। लेकिन जल्दी करना। वह कभी भी जाग सकता है।" बोलते हुए शशांक बाहर निकल गया ।

उसने सोचा- 'अभी तो बेटा सो रहा है, मैं मेकअप कर ही लेती हूँ।'

पूरी तरह से तैयार होकर जैसे ही उसने अपना सबसे पसंदीदा शेड वाला निकाला तभी जोर से गिरने की आवाज आयी, उसके हाथों से छूटकर टूट गया। वह नौ महीने के बेटे शब्दांश को लपक कर उठायी।

'मेरा लाडला कैसे गिर गया! क्या करूँ?' ... जल्दी से शशांक को कॉल लगाया । शशांक का कॉल व्यस्त आ रहा था। उसने मैसेज भेज दिया। प्राची भी शब्दांश को खून से लथपथ कपड़ों में ही लपेट अस्पताल पहुँची।

"डॉक्टर मेरे बेटे को बचा लीजिए। मुँह से खून बहता ही जा रहा है। मेरे लाडले की आवाज क्यों रुक गयी है?"

नर्स बच्चे को जल्दी से अंदर ले गयी।

"तुम मुझे अस्पताल क्यों बुलायी हो?"

प्राची शशांक को बताते हुए हकलाने लगी।

शशांक आश्चर्य व दर्द से प्राची को देखा, 'मेकअप की आदत उसके ममता पर भारी पड़ गयी। प्राची के पश्चाताप आँसू से मेकअप धुलने लगे और उसके बिना भी उसका ममतामयी चेहरा निखरने लगा। आज उसे कोई परवाह नहीं। वह सिर्फ ममता के जीत की उम्मीद लगाये हुए है।'

"नर्स मेरा बच्चा कैसा है? सब ठीक है, न।

"अभी कुछ कह नहीं सकते...।"

बनारसी साड़ी

"माँ! आज कॉलेज में स्वागत समारोह है, मैं क्या पहन कर जाऊँ?"

"मेरी गुलाबी बनारसी साड़ी पहन कर जाओ; वह तुझ पर खूब जँचेगा, सीता।"

"माँ! क्या मेरे सांवले सूरत पर यह रंग अच्छा लगेगा? बनारसी साड़ी आउटडेटेड तो नहीं?..."

"गुलाबी रंग तुम पर बहुत जँचेगा। साड़ी कभी आउटडेटेड नहीं होती; सोच आउटडेटेड होती है।"

"ठीक है माँ।"

सीता जैसे ही स्वागत समारोह में पहुँची तो हॉल में सभी अजीब नजरों से घूरने लगे। उसे परिचय देने के लिए मंच पर बुलाया गया। उसने जैसे ही माइक थामा वैसे ही एक लड़की ने अपने दोस्तों के साथ मजाक उड़ाते हुए कहा "हाउ बैकवर्ड यू आर।" और सभी हँसने लगे।

सीता ने उन्हें देखा तो उसे कोई आश्चर्य और दुख नहीं हुआ क्योंकि सभी पश्चिमी परिधान में लिपटी हुई थीं। "हाउ फॉरवर्ड यू आर।" हॉल में उसकी आवाज गूँज उठी और सन्नाटा छा गया। सीता ने गर्व के साथ अपना परिचय दिया जो बहुत समृद्ध था ।

सभी की आँखें उसकी ओर थीं।

पचास रुपये

"बहुत भूख लगी है एक रुपया दे दो, मेम साहिब।" नंदिता के सामने हाथ पसारे आठ साल का मासूम बच्चा अपने पेट की ओर इशारा कर रहा था। बिखरे बाल, आँखें धंसी हुई, मुँह पूरा सूखा हुआ, गंदा सा कमीज, पतलून की जगह गमछा कमर में लपेटे हुए मासूम निगाहों से एकटक उसी की ओर देख रहा था । नंदिता ने उस बच्चे को देखा और प्यार से पुचकारा तो वह रोते-रोते कहा- "मैं तीन दिनों से भूखा हूँ।" नंदिता को दया आ गई।

जब उसने ₹50 का नोट अपने पर्स से निकाला तब वह बच्चा मुस्कुराता हुआ कहने लगा, "आप का भला हो; आपको ढेर सारे पैसे भगवान दे।"

नंदिता वहीं ठेला से केले लिये और उस बच्चे को देने लगी । "लो इसे खा लो; मैं तुम्हारे लिए ब्रेड और बिस्किट भी ला रही हूँ, बेटा।"

"नहीं मेमसाहिब ! मुझे केला नहीं चाहिए, बस यह पचास रुपये दे दो।"

निर्जला उपवास

"हैलो! सादर चरण स्पर्श माँ जी। आपका स्वास्थ्य कैसा है?"

"सदा सौभाग्यवती रहो। मैं स्वस्थ हूँ। वहाँ सभी ठीक हैं, न?"

"हाँ, सभी ठीक हैं।... मैं जीवित्पुत्रिका व्रत करना चाहती हूँ। माँ जी! क्या मैं कर लूँ?"

"ठीक है अपराजिता...कर लो। यदि तुम्हारी इच्छा है तो मैं पूरी विधि बता दूँगी।" उसकी सास ने कहा।

"बहू, यह व्रत करने के लिए मैं तो पहले ही बोलती थी। इससे पोता का मुँह तू देख पाती। अब तुम्हें दो पोती के बाद पोता देखने को मिलेगा। मैं भी परपोता देखकर मरूँगी। अब तो मेरी आशा भी जुड़ गई है।" पीछे से अपराजिता की दादी सास बोली।

"हाँ-हाँ जरूर देखिएगा परपोता।" अपराजिता की सास ने खुश होकर अपनी सास से कहा।

"माँ जी, आप तो कहती थीं कि यह व्रत संतान के लिए किया जाता है। मैं अपनी बेटियों की खुशी, उनके अच्छे स्वास्थ्य और सुखमय जीवन के लिए यह व्रत करना चाहती हूँ, न कि बेटा के लिए... । मेरी बेटियाँ ही मेरे आँखों का तारा और मेरा भविष्य हैं।"

स्पीकर के कारण उसकी बात को उसकी दादी सास ने भी सुन लिया और कहा – "जरूरत क्या है... बेटियों के लिए व्रत करना?... वैसे भी बेटियाँ पराई ही होती हैं।" अपराजिता ने बिना उत्तर दिए फोन रख दिया।

SCHOOL

दाखिला

"चलो बेटा जल्दी तैयार हो जाओ। आज आपका इंटरव्यू लिया जाएगा। पता है, यह पूरे शहर का सबसे अच्छा स्कूल है और आप भी सबसे प्यारे और होशियार बच्चे हो। मेरा राजा बेटा!... जो भी पूछा जाए, बहुत अच्छे से जवाब देना। मेरा गुड्डा राजा! यदि इस स्कूल में तुम्हारा हो गया तो मेरी पूरी कॉलोनी में नाक ऊँची हो जाएगी। मेरी सखियों के बीच मेरा मान बढ़ जाएगा। बस तुम अच्छे से बोलना। मेरा लाडला! हम लोगों ने ढाई हजार का एडमिशन फॉर्म..."

"अभी यह बहुत छोटा है। सात वर्षीय बच्चे पर क्यों दबाव डाल रही हो, अर्पणा?"

"इसमें दबाव की क्या बात है। मेरा विश्वास बहुत ही होशियार बच्चा है। देख लेना इसका जरूर उस स्कूल में हो जाएगा। उस स्कूल का बहुत नाम सुना है।"

"ठीक है, अब चलें।"

"कहाँ आगे चले आ रहे हैं आप लोग? सबसे पीछे लग जाइए, हजार बच्चों ने एडमिशन फॉर्म भरा है।" स्कूल का दरबान लंबी कतार दिखाते हुए बोला।

विलास को देखते हुए अर्पणा कतार में विश्वास के साथ पीछे लग गई।

अर्पणा ने आगे वाली महिला से पूछा- "आप कितनी देर से यहाँ खड़ी हो?"

"एक घंटे से..."

तभी पीछे से एक और महिला कतार में लग गई और कहा, "यहाँ इतना आसान नहीं है बच्चों का नाम लिस्ट में आना। मुझे पता चला है कि फॉर्म सिर्फ यूँ ही भरवाया जाता है। स्कूल इससे भी पैसा कमा लेता है। इस स्कूल में दिखाने के लिए कुछ बच्चों का ही सामान्य तरीके से होता है। बाकी सभी बच्चों के माता-पिता की जेब और पहुँच पर निर्भर है।"

"मतलब!" अर्पणा ने आश्चर्य से पूछा।

"कुछ देर के बाद आपको भी समझ आ जाएगा।"

सुबह से शाम तक इंतजार के बाद दरबान बोला, "समय समाप्त होता है।"

"क्या...! कैसे समाप्त हो गया।"

"माँ, मुझे भूख लगी है। मेरा लंच बॉक्स भी खाली हो गया है।"

समधिन मिलन

गाड़ी की रफ्तार के साथ सुनंदा की यादों की गाड़ी पीछे की ओर रफ्तार से चलने लगी। अपने द्वारा किए गए अपमानजनक व्यवहारों और शब्दों को मन में बार-बार दोहराते हुए लज्जित होने लगी। 'आज समधिन का सामना कैसे करूँगी! जिसे सिर्फ अपमानित किया। कहीं उसने भी मुझे अपमानित कर दिया तो मैं कैसे वह अपमान सहन कर पाऊँगी? यात्रा मार्ग में यहाँ क्यों पड़ाव पड़ा?' यही सोच-सोच कर सुनंदा घबरा रही थी।

"घर पहुँच गए। पिताजी दरवाजे पर ही हमारे आने का इंतजार कर रहे हैं।" शोभा की आवाज से सुनंदा के यादों की गाड़ी में ब्रेक लग गया। बच्चें नानू-नानू कह कर चहकते हुए अंदर जा चुके थे। बहुत ही भारी मन से सुनंदा अंदर जा पाई।

"प्रणाम दीदी, आपको आने में कष्ट तो नहीं हुआ?"

"नहीं..."

"सभी हाथ-मुँह धो लीजिए। चाय-पकौड़े लगा देती हूँ। आप सभी सिर्फ एक रात के लिए आए हैं, अच्छा नहीं लग रहा है। कम से कम तीन-चार दिन रहते तो अच्छा लगता।" शोभा की माँ बोली।

शाम का नाश्ता और रात्रि भोजन पश्चात सभी सो गए लेकिन सुनंदा के आँखों से नींद उड़ चुकी थी। 'अब मेरे पति भी जीवित नहीं है तब भी इतनी इज्जत दी जा रही है। जिसे वह सपने में भी नहीं सोची थी। वह तो अपने घर समधिन को खाना भी अपमानित करके दिया करती थी।' सुनंदा जल्दी से जल्दी वहाँ से निकल जाना चाहती थी।

करवटों के साथ सुबह हो गई।

"हम लोग बहुत दिनों के बाद मिले हैं।" शोभा की माँ बोलते हुए पूरा एक डब्बा मिठाई और कपड़ों का पैकेट सुनंदा के हाथ में रख, गले मिलते हुए कही, "यदि कोई मुझसे भूल हो गई हो तो क्षमा कीजिएगा।"

"भूल आपसे नहीं हुई है, मुझसे हुई है।"

"ऐसा बिल्कुल मत सोचिए।... आते रहिएगा दीदी। आज से हम दोनों बहने हैं।"

सुनंदा की आँखें गले मिलते हुए भींग गईं और कहा- "मुझमें आज तक बेटे की माँ होने का जो दंभ था, पछतावा में इन आँखों से पिघल रहा है।"

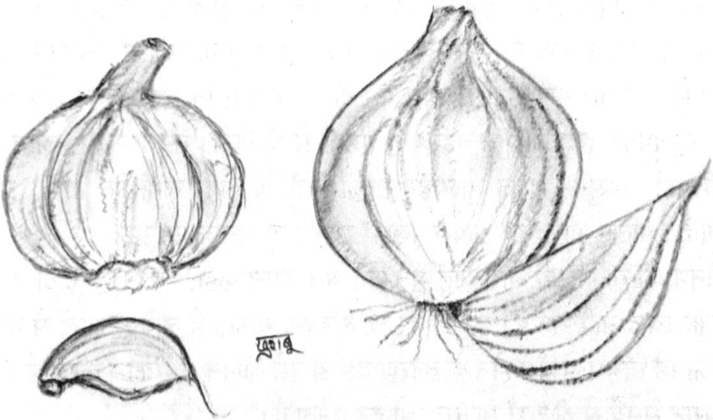

लहसुन-प्याज

“सोनम भाभी ! क्या आप सात्विक भोजन ही खाती हैं ?” पड़ोसन संगीता ने पूछा।

“मेरी दादी सास और सास सात्विक भोजन बिना लहसुन-प्याज का ही खाती हैं इसलिए वही बनाती हूँ।”

“भाभी ! परसों धूप सेंकते हुए हम लोग बालकनी में खाना खा रहे थे; तभी आपकी दादी सास ने कहा,‘संगीता तुम्हारे यहाँ की सब्जी की सुगंध यहाँ तक आ रही है। जरा मुझे भी तो चखा।’ तब मैंने उन्हें कटोरी में सब्जी डाल कर दी तो उन्होंने तुरंत अपनी कटोरी में डाल कर मुझे कटोरी वापस कर दी।... कल ममता बाहर दरवाजे के पास बैठी थी तभी आपकी दादी सास ने यही बात ममता से भी कहा। ममता ने ही मुझे बताया कि उसके यहाँ लहसुन- प्याज डालकर सब्जी बनी थी। मुझे लगा कि शायद आप नहीं बनाती हैं इसलिए आज मैंने आपसे पूछा।” सोनम तो अवाक रह गई !

सोनम की बेटी खड़ी सारी बातें सुन रही थी। उसने कहा, “माँ, बड़ी दादी के जीभ में अब वह स्वाद नहीं रहा है। वह भी हर चीज खाना चाहती हैं लेकिन पहले से ही घर पर चले आ रहे नियम से बँधे होने के कारण वह आपसे बोलने में संकोच करती हैं।”

“पुराने समय से ही यहाँ सात्विक भोजन बनता है।”

“दादी अभी बुआ के यहाँ गई हैं। माँ, कुछ उपाय निकालो।”

“ठीक है...” कुछ सोच कर वह तुरंत सब्जी मंडी गई।

“आज रसोई घर से सब्जी की सुगंध बहुत अच्छी आ रही है।”

“हाँ बड़ी दादी, आज आलू दम बना है।”

“दादी इसे चखकर बताइए... कैसा बना है ?”

“बहू, चखकर नहीं खाकर बताऊँगी... कैसा बना है ?”

बहुत ही स्वाद लेकर खाते देखकर सोनम की आँखें नम हो गईं।

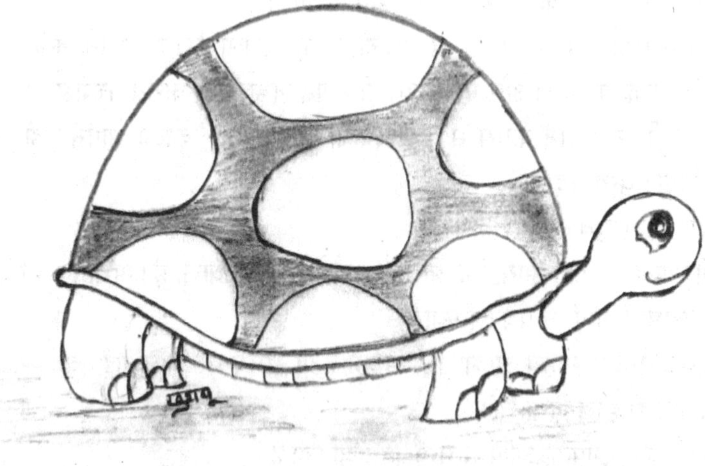

कछुआ गाड़ी

"पचास रुपए बहुत ज्यादा है, रहने दो। मैं ऑटो में तीस में ही चली जाऊँगी।"

"मैडम जी ऐसा मत कीजिए, मैं आपको एकदम गेट तक पहुँचा दूँगा।... सुबह से कोई सवारी नहीं मिल रही है।"

"मुझे जल्दी भी पहुँचना है। कछुआ जैसी चाल है। इससे मैं देर हो जाऊँगी।... बारिश भी होने वाली है...।" बोलते हुए शीला आगे बढ़ गई।

रास्ते में सभी देखकर हँस रहे थे। शीला भी यह नजारा देखकर हँसने लगी, तभी वही रिक्शा दरवाजा पर रुका और एक बहुत ही स्मार्ट लड़की जो करीब पच्चीस-छब्बीस वर्ष की लग रही थी, उसने कैंपस में प्रवेश किया और कहा- "काका आपने मुझे समय से पहुँचा दिया। धन्यवाद !"

"खुश रहो ! खूब तरक्की करो।"

तभी शीला को याद आया कि आज नया मैनेजर आने वाला है। अचानक ही कैंपस में एक चमचमाती गाड़ी ने प्रवेश किया।

'शायद मैनेजर साहब आ गए।... अच्छा हुआ समय पर पहुँच गई। वह ऑटो वाला तो मोड़ पर ही छोड़ दिया था।'

"मैडम जी ! आपको ऑफिस में बुलाया जा रहा है।"

"जी..." लंबे कदमों से शीला ऑफिस में पहुँची।

"मैनेजर केबिन में जाइए, मैडम।"

'मैनेजर साहब इतनी जल्दी गाड़ी से निकल कर कैसे पहुँच गए !'

"मे आई कम इन !"

"यस कम इन।"

"आपको क्यों देर हो गई ? मैडम ! आप तो ऑटो से आ रही थीं।"

शीला देखकर चौंक उठी, 'यह तो वही लड़की है जिसने अपनी छतरी रिक्शा वाले को बारिश से बचने के लिए उसके सिर के ऊपर लगा रखा था और सभी हँस रहे थे।'

पेड़ मित्र

"ओह ! शायद आज फिर पेड़ कटवाएगा।" महक ने अपनी सास को बताया।

"धीरे-धीरे सभी पेड़ काट रहा है इसलिए अब बालकनी में हवा नहीं मिलती है।"

"आज जो पेड़ कटवाने वाला है, इस पेड़ पर तो बहुत सारे पक्षियों का बसेरा है। इसी पेड़ के पक्षियों को देखकर तो छोटी खाना खाया करती है और पेड़ से छोटी बातें भी करती है।"

"छोटी अभी केवल पाँच साल की ही तो है, उसे बहलाना होगा। उसे आज बाहर ले जाओ नहीं तो वह बहुत रोएगी। उसकी जमीन-उसका पेड़।... छोटी सोई हुई है, न?"

"ओ गंदे अंकल! पेल काटने वाले गंदे अंकल! मेला पेल दोस्त क्यों काटने जा लहे हो? ओ गंदे अंकल!"

'यह तो छोटी की आवाज है।'महक चौंकते हुए बालकनी आई और गोद में उठाकर उसे अंदर ले गई ।

"माँ आप ही तो कहती हैं; पेल काटना नहीं चाहिए फिल आप गंदे अंकल को क्यों नहीं लोक लही हैं?" छोटी रोते हुए पूछी।

महक का मन अशांत हो गया और बुदबुदाने लगी, "उसने तो एक बड़ी सोच वाली छोटे विरोध को चुप करा दिया।"

महक छोटी से बस इतना कह पाई "उनका जमीन-उनका पेड़-उनकी इच्छा।"

"लेकिन पेल तो सबका होता है।" मासूमियत से रोते हुए छोटी ने कहा।

वचन

"मेरा ज़न्मदिन कल है और पापा ने वादा किया था कि मेरे जन्मदिन में बहुत सारे खिलौने लेकर आएँगे। मैंने भी कह दिया था कि मुझे खिलौने नहीं सिर्फ आप चाहिए। ठीक कहा, न।... मेरे टेडी बीयर दोस्त।"

"माँ! आप फोन पर किसी से पापा के बारे में बात कर रही थी, न। कब आ रहे हैं, पापा? माँ!... तुम्हारे आँखों में आँसू क्यों है?... क्या पापा नहीं आ रहे हैं? मुझे बताइए।"

"नन्ही! तुम कितने प्रश्न करती हो? कल आ रहे हैं। आँसू नहीं है, आँखों में कुछ चुभ गया है।"

"आँखों को धो लो माँ।... हुर्रे!... जन्मदिन पर मेरे पापा आ रहे हैं। मैं जल्दी सो जाती हूँ। माँ! कल मुझे सुबह जल्दी उठा देना।" कह कर नन्ही सोने चली गई।

"सूरज दादा मेरे कमरे में झाँक रहे हैं और आपने उठाया नहीं।" शिकायत भरे अंदाज में पाँच वर्षीय नन्ही कमरे से निकली।

"वाह! मेरे जन्मदिन पर कितने सारे लोग आए हैं, पूरा सड़क भर गया है। पापा के दोस्त भी आए हैं।" वह आश्चर्यचकित हो बोल पड़ी। "लेकिन माँ आप रो क्यों रही हैं और दादी माँ भी उधर क्यों रो रही हैं? पापा कहाँ छिप गए हैं? देखो माँ, उस बड़ी गाड़ी से सभी पापा के दोस्त बक्सा निकाल रहे हैं। क्या पापा ने इसमें खिलौने भेजे हैं?" नन्ही व्याकुल हो माँ से पूछने लगी।

"मैंने बोला था, मुझे अपने जन्मदिन पर सिर्फ पापा चाहिए। पापा क्यों नहीं आएँ, माँ?"

तभी ताबूत खुला ।

"पापा!"

"हुर्रे! पापा मेरे जन्मदिन पर आने का वादा पूरा कर दिएँ। पापा! मैंने भी फोन पर आप से वादा किया था, न। मैं बड़ी होकर आप जैसी बनूँगी। मैंने जन्मदिन की पूरी तैयारी कर ली है।"

"पापा! आप तिरंगे के साथ क्यों सो रहे हैं?"

"माँ! पापा जाग क्यों नहीं रहे हैं? अभी मेरा वादा पूरा नहीं हुआ है।"

ईश्वर की मार

"यहाँ आपको कोई तकलीफ नहीं होगी माता जी। यह सभी बेसहारा स्त्रियों का ही आश्रय है इसलिए आप बेहिचक इस घर में रह सकती हैं। इसे हम सभी घर कहते हैं आश्रम नहीं। इस संस्था की संस्थापिका लाडली नानी थीं जो अब इस दुनिया में नहीं रहीं लेकिन उनकी सेवा करने वाली उनकी बेटी बनकर इस संस्था की नींव हिलने नहीं दी, वह बहुत ही नम्र दिल की हैं। उन्हें ही हम लोग लाडली नानी कहकर पुकारते हैं। वो एक घंटे में यहाँ आएँगी। आप आराम से बैठिए। मैं आपके लिए चाय बना देती हूँ।" उस आश्रम की सेविका ने बूढ़ी माता को सहज करने के लिए सारी बातें बताई। फिर भी वह बूढ़ी माता अपने आप में सिमटी जा रही थी और सिसकती।...

"क्यों बचाया बेटी, मर जाने दिया होता।"

"कैसे मर जाने देती? यह आपका ही तो घर है।... लाडली नानी हमेशा बचाने और बसाने की बात कहती हैं।"

"लाडली नानी, आप तो जल्दी आ गईं।... आज एक नई सदस्या हमारे घर आई हैं।"

"कहाँ बैठी हैं?"

"बगल वाले कमरे में बिठाया है, बहुत ही सहमी हुई है। उनके बहू-बेटा ने पागल कह घर से निकाल दिया। दो बेटे की माँ हैं। बड़ा बेटा इस दुनिया में नहीं रहा और छोटा बेटा पिता की मृत्यु के बाद उसे प्रताड़ित करता है।"

"ठीक है... मैं उनसे कमरे में मिल लेती हूँ।"

"माता जी, आप परेशान न हों। यह आपका ही घर है।...सभी का ख्याल रखने वाली हमारी लाडली नानी से मिलिए।"

"माँ जी आप...!!!"

"ममता तुम...!!!"

बूढ़ी माता फूट-फूटकर रोते हुए कहने लगी - "ममता मैंने तेरे साथ बहुत गलत किया था। अनाथ बच्ची को विधवा होते ही घर से निकाल दिया था। मेरे कर्म की सजा शायद मुझे मिली है।"

"सच कहा गया है, जैसे को तैसा।" सेविका ने कहा।

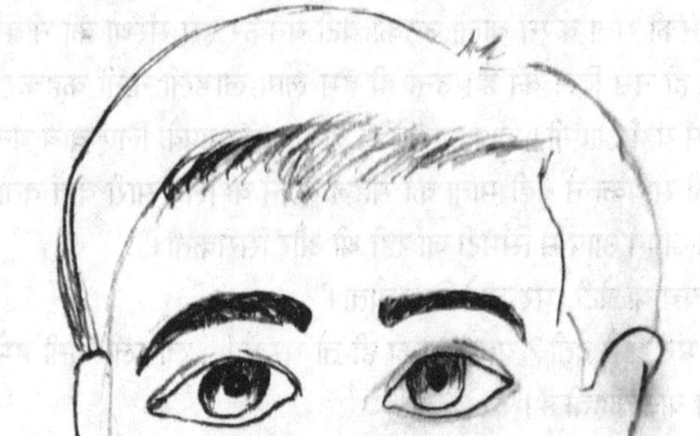
Deshna

अनाथ बच्चा

"दाई माँ, आज मैंने सोचा था कि मैं मम्मा के साथ मस्ती करूँगा और दिन भर साथ रहूँगा लेकिन वह तो कहीं जाने के लिए तैयार हो रही हैं। दाई माँ, आप बात करो, न। आज वह कहीं नहीं जाएँ, मेरे साथ रहे।" सात साल का बंकू अपनी दाई माँ से बोला।

"बंकू बेटा, आप तो जानते हो कि आपके पिताजी- माँ बहुत बड़े डॉक्टर हैं। उन्हें छुट्टी नहीं मिल पाती है साथ में आपकी माँ समाजसेविका भी हैं। आपको अपनी माँ पर गर्व करना चाहिए।"

"मैं मम्मा-डैडी के साथ रहना चाहता हूँ। दोनों संडे को भी कम ही रहते हैं, मुझे अपने बर्थडे के लिए तैयारी करनी है जो चार दिनों के बाद है।"

"ठीक है, मेरा लाडला बच्चा! मैं कोशिश करती हूँ।"

"मैडम जी, आज बंकू बाबा आपके साथ समय बिताना चाहते हैं। कृपया आज रुक जाइए।"

"ओ माई बेबी, आज नहीं रुक पाऊँगी। आज अनाथाश्रम में बहुत बड़ा कार्यक्रम है। यहाँ के विधायक जी विशेष अतिथि के रूप में आ रहे हैं। मुझे अनाथ बच्चों को उपहार देना है। उनके साथ आज रहना है। विधायक जी इसके लिए मुझे सम्मानित भी करेंगे। मुझे आने में हो सकता है रात हो जाएगी। अगले वीकेंड मैं तुम्हारे साथ पूरी मस्ती करूँगी, बंकू।"

फिर दाई माँ की ओर देखकर बोली, "देर हो चुकी है ललिता दीदी; संभाल लीजिएगा।"

बंकू रुआंसा सा हो गया। मैडम जी के जाने के बाद बंकू को प्यार से ललिता ने गोद में उठाया।

"दाई माँ, अनाथाश्रम में कौन रहते हैं?" बंकू ने उदास होकर मासूमियत से प्रश्न पूछा।

"जिसके मम्मा-डैडी इस दुनिया में नहीं रहते हैं, वही अनाथाश्रम में रहते हैं।"

"दाई माँ, मेरे भी तो दोनों ही नहीं रहते हैं। क्या मैं भी ...?"

ललिता घबरा गई और गले लगा कर बोली – "नहीं बंकू बाबा, ऐसा नहीं कहते।"

Dishi

कवच

“रॉक्स! क्या इस ड्रेस को मैं यहाँ पहन सकती हूँ?”

“पहन सकती हो लेकिन एक बार मम्मा से सहमति ले लो।”

“बिन माँ की बच्ची को तुम्हारी मम्मा ने बेटी माना है। इतना स्नेह देती हैं। वह क्यों मना करेंगी? मानती हूँ, यह ड्रेस कुछ ज्यादा ही टाइट फिटिंग है और डीप कट्स भी है लेकिन आजकल यह फैशन ट्रेंड में है।...तुम्हारी मम्मा तो आधुनिक विचारों वाली हैं, मेरे जानू! शादी के दो महीने हो गए हैं। जितना मैं उन्हें जान पाई हूँ, उनका व्यवहार और विचार बहुत ही उच्च कोटि का है।”

राकेश ने भी प्यार भरी आँखों से स्वीकृति दे दी और ऑफिस निकल गया।

“मम्मा! मैं इस आउटफिट में कैसी लग रही हूँ?... जिस दोस्त के साथ मैंने इसे खरीदा था, मैं उसके साथ आज मूवी देखने जा रही हूँ।”

“बहुत अच्छी बात है। जरूर घूम कर आओ। यदि तुम्हारे पास समय है तो थोड़ी देर मेरे पास बैठो, कुछ बात करनी है।” उसकी सास ने उसकी ओर ध्यान से देखते हुए कहा।

“मूवी का समय दो घंटे बाद है।...क्या बात करनी है, मम्मा?” पलक सकुचाते हुए सोफे पर बैठ गई।

“राकेश ने जो आईफोन दिया है, देना।”

“लीजिए मम्मा।”

“पलक! आईफ़ोन को कवर के बिना उपयोग करना।” आईफोन का कवर निकाल कर उसे वापस लौटा दिया।

“मम्मा! कवर आईफोन के लिए आवरण है। बिना कवर आईफोन के गिरने और खराब होने का डर बढ़ जाता है।”

“वाह पलक! तुम तो बहुत समझदार हो।... इसी तरह आरामदायक और सही कपड़ों का चुनाव हमारे लिए ढाल और आवरण का कार्य करता है। इसका चयन... हमें समझदारी से करना चाहिए। आधुनिकता का लिबास ओढ़ हमें अपनी संस्कृति से प्रेम जरूर होना चाहिए।”- पलक को प्यार से समझाया।

छोटी शुभचिंतक

"आज इतनी देर से क्यों आई, मुन्नी।"

"भाभी, बारिश के कारण आज देर से ही निकली।"

"मैंने तो पिछली बारिश में ही छतरी दी थी।"

"मैं छतरी अपनी बेटी को दे दी। उसका स्कूल में दाखिला करवाया है।"

"बारिश के मौसम में किस स्कूल में दाखिला होता है?"

"एक नए घर में काम मिला है, वह स्कूल में पढ़ाती हैं। उन्होंने ही दाखिला दिलवाया है।"

"यह तो बहुत ही अच्छी बात है लेकिन जल्दी आया कर, मुन्नी। मैं परेशान हो जाती हूँ। हर साल छतरी तो नहीं दे पाऊँगी।" ममता थोड़ी गुस्से से बोली।

सात साल की पीहू वहीं बैठे सब सुन रही थी।

"यह लो मम्मा।"

"यह तो तुम्हारी बरसाती है।"

"हाँ, यह छोटी है। मुन्नी काकी की बेटी मुझसे छोटी है, वह इसे पहन सकेगी।"

"और तुम...???"

"जब भी मैं थोड़ी लंबी हो जाऊँगी, मैं अपनी बरसाती उसे दे दूँगी। जब तक नई बरसाती नहीं आती है तब तक मैं छतरी लेकर स्कूल जाऊँगी।"

ममता अपनी सोच पर शर्मिंदा होते हुए अवाक रह गई।

मुन्नी सफाई करते हुए कभी मालकिन को तो कभी पीहू को देख रही थी।

दिखावा

"चुन्नी, दो दिन के लिए मेरे यहाँ रह जाना और दोनों बड़े बच्चों को भी ले आना। मैं तुम्हें इसके लिए अलग से पैसे दे दूँगी।"

"भाभी, आप तो अगले महीने से नहीं आने को कह रही थीं। क्या आपकी समस्या दूर हो गई है?"

"नहीं..."

"तो फिर..."

"मेरी लाली चाची आज आ रही हैं। बचपन में माँ से ज्यादा उनकी गोद में खेली हूँ, पीहर में वह मेरे यहाँ किरायेदार थीं। मैं एक साल पहले मिली थी, उन्हें अपने यहाँ आने का आग्रह किया था। मैं उनकी बेटी जैसी हूँ। वह नया फ्लैट ले चुकी हैं, उनके बच्चे बड़े शहरों में बस चुके हैं।... मैंने उन्हें अपनी समस्याओं के बारे में नहीं बताया है।"

"ओह! ठीक है भाभी, मैं दोपहर में अपने कपड़े लेकर आ जाऊँगी।"

'कोई कसर नहीं छोड़ना चाहती हूँ। दो दिन की ही तो बात है। गाड़ी भेज कर माया काकी ने एक अच्छे पड़ोसी का धर्म निभाया है। बच्चों को भी रख कर मुझ पर एहसान किया है।' पिंकी घबराहट में सोचने लगी।

"प्यारी पिंकी! तुम तो मेरे गले लगो। वाह! गाड़ी तो बहुत शानदार है। तुम्हारे पति देव कहाँ हैं?"

"वह काम के सिलसिले में शहर से बाहर गए हैं।"

"पिंकी, तुम्हारे बारे में तो पूरे गाँव में चर्चा है कि बहुत बड़े घर में ब्याही गई है। पिंकी कई फैक्ट्रियों की मालकिन बन गई है।...चंचल पिंकी शांत कैसे हो गई? मैं बोले जा रही हूँ और तुम कुछ नहीं बोल रही हो।"

"घर आ गया।"

"तेरा घर तो बहुत बड़ा और शानदार है। बच्चे दिखाई नहीं दे रहे हैं!"

"बच्चे दो दिन के लिए दादी के यहाँ गए हैं।"

"ओह!..."

"चुन्नी, जब लाली चाची फ्रेश हो जाएँगी उसके बाद चाय और नाश्ता लगा देना और रात के खाने की तैयारी भी कर लेना।"

"क्या यह पूरे समय रहती है?"

"हाँ।"

"लगातार दरवाजे की घंटी बज रही है। मैं देख लेती हूँ कि दरवाजे पर कौन है? हो सकता है तुम्हारा बेटा सब्जी लेकर आ गया हो। चुन्नी, तुम तब तक सभी काम कर लो।" दरवाजा खोलने के बाद पड़ोसन को देखकर चौंक गई।

पड़ोसन ने कहा, "आपने चुन्नी को क्यों रोक रखा है? मेरे घर में सभी काम पड़े हुए हैं।"

"धीरे से बोलिए। दो दिन की ही बात है, भाभी।"

"मैं कुछ नहीं जानती, आप तो पिछले महीने की पगार भी नहीं दे पाई हैं और उसका पूरा समय आप लेना चाह रही हैं।"

"कृपया धीरे बोलिए।"

"आपकी फैक्ट्रियाँ बंद हो गई हैं और पति भाग गया है, तो मुझे क्यों परेशान कर रही हैं?"

"कृपया धीरे बोलिए।"

"पिंकी! चुन्नी को जाने दो।" पीछे से लाली चाची की आवाज आई।

चुन्नी उसके सारे ठाट- बाट को लेकर घर के मुख्य दरवाजे से जा रही है और पिंकी अशांत मन से शांति से खड़ी है... स्तब्ध।

"क्या यह सच है पिंकी कि मेहमान...???"

सच्चा कौन

"माँ! आपको एक बात बतानी है लेकिन मनु मुझे मना कर रही है।"

"क्या बात है? बताइए तनु। माँ से कोई बात नहीं छुपाते हैं।"

"मनु डर रही है कि आप गुस्सा करेंगी ।"

"नहीं करूँगी।"

"आज मनु ने दोस्त रश्मि का कक्षा कार्य कर दिया और अपने कार्य को अधूरा छोड़ दिया।"

"मनु, क्या तनु दीदी सही कह रही हैं? सच-सच बताइएगा।"

"आप गुस्सा करेंगी।"

"यदि सच बताइएगा तो नहीं गुस्सा करूँगी ।"

"हाँ...।"

"क्यों?"

"वह बार-बार मुझसे अपना कक्षा कार्य करने को बोल रही थी।"

"आप अपना कार्य अधूरा छोड़ रही हैं और अपनी दोस्त को आश्रित बना रही हैं। मनु! यह आप दोनों के लिए नुकसान है।"

"माँ, अब से ऐसी गलती नहीं करूँगी ।"

"अच्छी बात है मेरी गुड़िया रानी।"

"मैं अभी उसकी माँ को बता देती हूँ। उसे समझाएगी।"

"रश्मि की माँ से मैंने बात कर लिया। वह उसे समझा देगी और आप दोनों यह गलती वापस नहीं दोहराना।"

"ठीक है माँ।"

"हैलो, मैं रश्मि की माँ बोल रही हूँ।"

"हैलो"

"रश्मि तो बोल रही थी कि आपकी बेटी और मेरी बेटी दोनों ने एक-दूसरे का कक्षा कार्य किया है।"

"क्या...!"

"...अभी तो स्कूल में है। मनु आएगी तो जरूर पूछूँगी कि उसने क्यों झूठ बोला?"

"मनु, आपसे कुछ पूछना है।"

"माँ, मुझे भी कुछ बताना है।"

"बताओ।"

"रश्मि अपना प्रोजेक्ट नहीं बना कर लाई थी और मुझे लंच ब्रेक में बनाने बोल रही थी। मैंने मना कर दिया और समझाया कि अपना काम स्वयं किया करो।... ठीक किया, न।"

"हाँ..."

"आप क्या बताने वाली थीं?"

"वो... आपके लिए जलेबी लाने जा रही हूँ।"

"जलेबी... हिप-हिप हुर्रे!"

'आज के बच्चे बिल्कुल जलेबी की तरह हो गए हैं । इन दोनों में झूठ कौन बोल रही है?... कठिन प्रश्न है।' सोचते हुए वह जलेबी लाने निकल पड़ी।

निर्णय

"ललिता आज बहुत देर से आई और गुस्से में भी लग रही हो। सब ठीक तो है न?" चाय नाश्ता देते हुए रिया ने पूछा।

"सब ठीक नहीं है, भाभी!"

"क्या हुआ?"

"हम दोनों को गाँव ले जाने रात में सीता का बाप नशा में आया था। उसकी रखैल झगड़ा करती है, बोलकर रो रहा था। मैं बहुत मार खाई हूँ। पूरे पीठ में दाग ही दाग है। जब पेट से थी तब भी दारू पीकर मुझे मारता था । किसी तरह सीता को जन्म देने के बहाने यहाँ आ गई। मेरा बाप भी तो नहीं है। माँ विधवा होकर भी घर-घर काम कर मेरी देखभाल करती थी। जब सीता चार महीने की हुई तो मैं भी घर-घर जाकर काम करके पेट पालने लगी। वह तो मेरे रहते एक औरत को भी घर में रखने लगा, मैं उसे दस साल बाद याद आई।"

"वापस कब जा रही हो?"

"वह कल मुझे जबरदस्ती वापस ले जाना चाहता था। बेटी को भी छीन रहा था।"

"ओह...!"

"मैंने भी उसे पहली बार मारा और भगा दिया। अब मैं अपना और अपनी बेटी का भरण-पोषण खुद कर सकती हूँ। भाभी, अब तो आपने मेरा अकाउंट भी खुलवा दिया है। थाना-कचहरी करना पड़े तो करूँगी लेकिन वापस कभी नहीं जाऊँगी। क्या इसमें आप मेरी मदद करेंगी?"

"ललिता चाय ठंडी हो जाएगी, पहले पी लो।"

आत्मसम्मान

"सुरभि, तुम ढीली चोटी क्यों की?"

"मैं तो इसी तरह चोटी करती हूँ, सरिता दीदी।"

"इस तरह चोटी करने से तुम्हारे कान सही से नहीं दिख रहे हैं। लड़के वाले शक कर रहे हैं कि तुम्हारे कानों के साथ कोई समस्या है।"

"दीदी, बाल बाँधने का सभी का अपना अलग तरीका होता है। इसमें शक करने जैसी कोई बात नहीं है।"

"फिर से तुम्हें उनलोग देखेंगे इस बार गहरे रंग का कपड़ा पहन कर जाना है। तुम्हें देखने के लिए अभी और पंद्रह जन आएँगे।"

"क्या!"

"दो बार तो तैयार होकर जा चुकी हूँ। एक बार साड़ी पहनकर और एक बार सूट पहनकर। क्या फिर से तैयार होना पड़ेगा?"

"साड़ी और सूट दोनों हल्के रंग का था। सुरभि, जल्दी से तुम तैयार हो जाओ। तुम्हारे पिताजी चालीस लोगों के भोजन की तैयारी करने होटल वाले को बोलने गए हैं। उन लोग आराम से देखेंगे और रात में भोजन करके ही जाएँगे।"

"क्या!"

"बहुत पैसे वाले खानदानी लोग हैं। मैं उनकी पड़ोसन हूँ इसलिए पूरे खानदान को अच्छे से जानती हूँ। यदि पसंद कर लिया तो तुम्हारा जीवन सँवर जाएगा। तुम्हारा रंग-रूप भी तो साधारण है।"

"मैं साधारण रंग-रूप की जरूर हूँ लेकिन पढ़ी-लिखी समझदार हूँ और नौकरी भी करती हूँ।"

"नौकरी क्यों करेगी? सेठानी की तरह आराम से रहना। अब जल्दी से तैयार हो जाओ। तेरी माँ ने मुझे जिम्मेदारी दी है। मैं तेरी शादी करवाने की पूरी कोशिश करूँगी। दहेज में कुछ ना कुछ कटौती करवा दूँगी। मैं मेहमानों को देख कर आती हूँ।"

"अरे! अभी तक तुम तैयार नहीं हुई। कोई बात नहीं मैं तैयार कर देती हूँ।"

"प्रणाम"

"लड़की तो सीधे बैठ गई। अभी उठ जाओ और चारों तरफ चलो, उसके बाद बैठो।" वहीं बैठे किसी बुजुर्ग व्यक्ति ने कहा । सुरभि वापस जाने लगी।

"कहाँ जा रही हो? बैठो।"

"मैं जीती-जागती एक लड़की हूँ। मैं कोई कठपुतली नहीं हूँ।... मैं तभी बैठूँगी जब लड़का भी यहाँ आकर चारों तरफ चल कर दिखाएगा।"

"यह कभी नहीं हो सकता।" बुजुर्ग ने कहा। लड़के वाले एक-दूसरे का मुँह देखने लगे।

"तुम क्या बकवास कर रही हो?" सरिता बोली।

लेकिन सुरभि उस कमरे से बाहर की ओर चल पड़ी।

सार्थक इच्छा

"आज तो तुम्हारे चेहरे पर अलग सी चमक दिखाई दे रही है। नैना, क्या बात है?"

"माँ! मैं आज बहुत खुश हूँ। मेरे विद्यालय से जो राखियाँ बनाकर देश के जवानों के लिए भेजी जाती थीं, उनमें मेरी भी होती थीं। आप तो जानती हैं, माँ।"

"हाँ, मेरी बिटिया।"

"मैंने राखियों के साथ पत्र भी लिख कर भेजा था। पिछले वर्ष पत्र-लेखन कक्षा में सिखाया गया था तो मैंने पत्र में विनती करते हुए लिखा था। मैं सभी स्थानों पर अपने हाथों से बनाई राखियाँ भेजती हूँ लेकिन राखी कभी किसी की कलाई पर नहीं बाँध पाई हूँ। मैं जो पाँच राखियाँ देश के रक्षकों को भेज रही हूँ यानी अपने पाँच भाइयों को भेज रही हूँ। एक भाई भी मुझसे अपनी कलाई पर राखी बँधवा लें, विनम्र निवेदन। मेरी इच्छा है कि एक भाई भी देश की रक्षा के साथ इस बहन की इच्छा को पूर्ण करे ।"

"ओह ! मेरी बिटिया।"

"आगे सुनो तो माँ!... मेरे विद्यालय में प्रधानाध्यापिका ने अपने पास बुलवा कर शाबाशी देते हुए गले लगाईं और बताया कि रक्षाबंधन के दिन मुझे आपके साथ स्कूल जाना है।"

"क्यों?"

"मेरा पत्र जिन्होने पढ़ा उन्होंने यह निर्णय लिया कि एक सैनिक भाई मुझसे अपनी कलाई पर राखी बँधवाने हर वर्ष आएँगे।"

"यह तो बहुत खुशी की बात है, आज स्वयं देश के रक्षकों ने एक बहन की इच्छा का सम्मान किया है।"

"माँ! जल्दी-जल्दी अपने हाथों की स्वादिष्ट मिठाइयाँ बना दो। मैं भी आपकी मदद करूँगी।"

दस साल की नैना के आँखों में खुशी की चमक देखकर नैना की माँ ने अपने खुशी के आँसू पोंछते हुए कहा, "बिल्कुल बिटिया! अभी से तैयारी में लग जाती हूँ।"

बेजान मूरत

"माँ, क्या मैं नीता चाची से मिलकर आऊँ?"

"नहीं! आज ही तो आई है बाद में जाना।

"क्यों?"

"उसकी तबीयत ठीक नहीं है।"

"माँ जी! अब नंदा दीदी को बता दीजिए ।"

"क्या बताना है, भाभी?" "नहीं, कुछ नहीं... नंदा।"

"माँ! मुझसे आप क्या छिपा रही हैं? मुझे जानना है ।"

"छोड़ो इन बातों को...तुम बताओ ससुराल में सभी कैसे हैं?"

"माँ, आप बात मत बदलिए, मुझे बताइए। भाभी, आप ही बता दीजिए।"

"बताने दीजिए, माँ जी।"

"बता दो।"

"नीता चाची का बेटा विधान जी की सड़क दुर्घटना में मृत्यु हो गई है।"

"क्या!... कैसे?... कब?"

"विधान जी दो दोस्तों के साथ एक दोस्त की पार्टी से लौट रहे थे। सभी ने शराब पी रखी थी। घर लौटते हुए पत्थर से टकराकर कार खाई में गिर गई। सभी जख्मी हो गए थे लेकिन विधान जी के दोनों दोस्त बच गए हैं। इस बात को लगभग दो महीने हो गए हैं। नीता चाची बहुत बीमार हैं।"

"ओह! इतना दुखद समाचार।"

"आपके ससुराल में परेशानी थी इसलिए माँ जी ने आपको बताने से मना किया था।"

"लेकिन माँ मुझे अभी जाने से क्यों रोक रही है?"

नंदा ने माँ से कहा और आँखों में आँसुओं को लेकर नीता चाची के घर की ओर दौड़ पड़ी।

"रुक जाइए, नंदा जी! उनकी हालत..."

"उसके साथ जाओ बहू। वह सहन नहीं कर पाएगी।"

"जानती हूँ माँ जी! उनका नीता चाची से बहुत लगाव रहा है।"

नंदा, नीता चाची के घर से निकल कर फूट-फूटकर रोते हुए बोली- "भाभी, मेरी प्यारी चाची की हँसी कहाँ गई? मुझे पहचान भी नहीं रही हैं। वह निष्प्राण क्यों पड़ी हुई हैं? विधान के नशे ने...ओह!"

"आँसू पोंछ लीजिए।...चुप हो जाइए, नंदाजी।"

"किसी को नशा से क्या मिल जाता है? युवा पीढ़ी क्यों नहीं समझती है कि केवल उनकी मौत नहीं होती है। वह अपने साथ अपनों को हर पल मौत देते हैं।"

भावनाएँ

"आओ बैठो शिखा, तुम तो बहुत जल्दी प्रसाद लेकर आ गई।"

"क्या तुम्हारा अभी तक नहीं हुआ है, राशि?"

"नहीं"

"क्यों?"

"मैं खुद मूर्ति बनाकर पूजा करती हूँ इसलिए समेटने में देर हो गई।"

"मैं इतना झंझट नहीं ले सकती, इसलिए मंदिर जाकर ही पूजा कर लेती हूँ। इस बार गुझिया शहर के महँगे दुकान से लाई हूँ। चख कर बताना, राशि।"

"अब आ गई हो तो प्रसाद लेते जाना। मैंने इस बार घर का मावा भी डाला है।"

"परेशान क्यों होती हो? खरीद लिया करो। पहले मैं भी अपने सास के साथ बनाया करती थी। बहुत ही समय लग जाता था।... राशि! यह कैसी मेहँदी तुमने लगाई है?" ही ही ही ही ही...

"मेरी सात वर्षीय बिटिया को शौक हुआ तो उसने लगा दिया।"

मुँह में हँसी दबाते हुए शिखा अपने हाथों की मेहँदी दिखाकर राशि से बोली - "पूरे चार हजार की 3 डी मेहँदी लगवाई हूँ और आजकल के फैशन के अनुसार पति की भी तस्वीर बनवाई हूँ।... बच्चों की बात में तुम क्यों आ जाती हो? दो-तीन हजार की ही तो बात है। इतनी भी क्या कंजूसी!"

"आजकल लोगों के चारों ओर बाजारवाद का आवरण चढ़ चुका है। पहले सभी मिलजुल कर हर त्यौहार को घर में पकवान बनाकर मनाया करते थें। यह अनमोल है जो शायद तुम नहीं समझोगी।" यह कहते हुए राशि ने अपने हाथों में लगी मेहँदी को चूम लिया।

शिखा निरुत्तर हो गई।

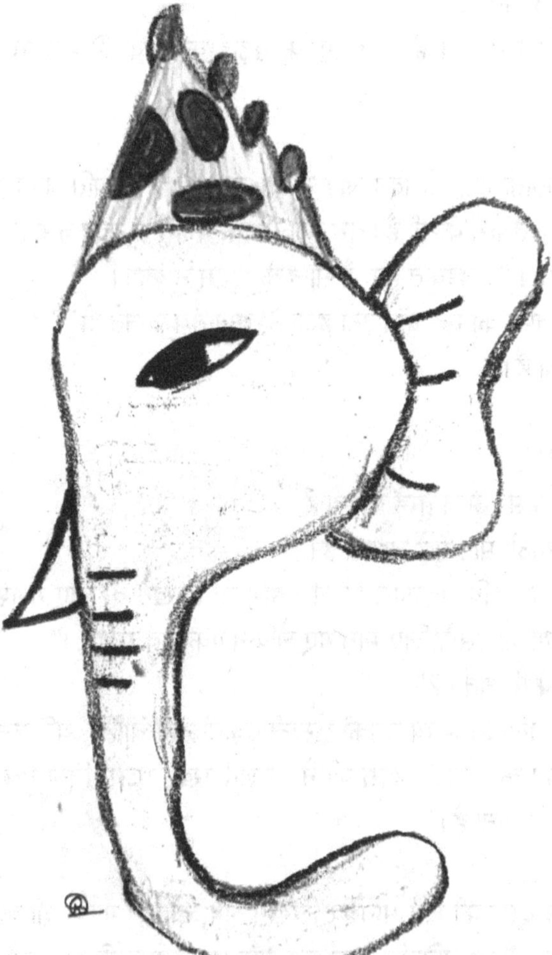

त्याग

"माँ! ए०सी० खराब हो गया है। अभी मैं कैसे पढ़ाई करूँ?"

"ए०सी० खराब हो गया है तो क्या हुआ! बिना ए०सी० के भी पढ़ाई हो सकती है।"

"मैं नहीं पढ़ सकता।"

"बेटा! पढ़ाई तपस्या है। निष्ठापूर्वक पढ़ाई करने के लिए बहुत कुछ त्यागना भी पड़ता है।"

"क्यों"

"रुको! बताती हूँ।...दो दिन बाद गणेश चतुर्थी है। गणपति बप्पा को घर लाना है, उसकी भी मुझे तैयारी करनी है। तुम मुझे मोदक बनाने में मदद करो।"

"ठीक है माँ!"- चहकते हुए नौ साल के शुभम ने कहा।

"गणपति बप्पा का एक दाँत टूटा हुआ है, क्या तुम जानते हो?"

"हाँ जानता हूँ।"

"क्यों ??"

"नहीं पता।"

"बैठो मेरे पास। आज तुम्हें बताती हूँ।"

"जल्दी बताओ माँ! मुझे जानना है।"

"सुनो! जब महर्षि वेदव्यास जी ने महाभारत लिखने के लिए गणेश जी से अनुरोध किया तो गणेश जी इसके लिए मान गए लेकिन एक शर्त रखी...।"

"शर्त!... कैसी शर्त??"

"महाभारत लिखते समय उनकी लेखनी रुकनी नहीं चाहिए, यदि उनकी लेखनी रुकी तो लिखना बंद कर देंगे।" व्यास जी ने भी शर्त रखा, मुझसे बिना पूछे और समझे एक शब्द भी नहीं लिखना है।"

"आगे..."

"दोनों एक दूसरे की शर्त मानकर लिखने लगे, लेकिन गणेश जी की लेखनी बीच में टूट गई। गणेश जी भी अविलंब अपने एक दाँत को तोड़कर लिखने लगे।"

"वाह!"

"इस तरह गणेश जी अपनी बुद्धि, विवेक और त्याग द्वारा महाकाव्य को तीन वर्ष में बिना रुके पूरा किए। गणपति बप्पा बुद्धि-विवेक प्रदाता हैं। उनसे तुम्हें सीखना चाहिए क्योंकि शुभम भी गणेश जी का ही नाम है ।"

"सच में...?"

"हाँ बेटा! उन्हीं की तरह यदि निष्ठापूर्वक तुम अपना कार्य करोगे साथ ही आलस्य त्याग करोगे तभी लक्ष्य प्राप्त कर सकोगे।"

शुभम माँ से लिपट कर भाग गया। ...रसोई का काम समेट कर जब उसके कमरे के पास गुजरी तो चौंक पड़ी! उसकी आँखें नम हो गईं। शुभम बिना ए०सी० और पंखा के एकाग्र होकर पढ़ाई कर रहा था।

दर्द

"अपने परिवार में तुम मुझे क्यों शामिल कर रही हो? मैं इस लायक नहीं हूँ।"

साध्वी चौंक पड़ी और सोचने लगी, 'यहाँ तो कोई नहीं है।' फिर कोई सिसकते हुए बोली। जैसे ही साध्वी ने सिर झुकाया सिसकने की आवाज बढ़ गई। साध्वी ने डरते हुए पूछा, "कौन है यहाँ? सामने आओ।"

"मुझे नहीं पहचाना, साध्वी। तुम अपनी भावनाओं को मुझसे साझा करती हो। अपने ह्रदय में बसाती हो। फिर निधानी में छुपा लेती हो। एक सदस्य के रूप में तुम क्यों शामिल करती हो?"

"कृपया पहेली मत बुझाओ। अपना परिचय दो ।"

"मैं तुम्हारे तन-मन से उद्भूत तुम्हारी बड़ी रचना।"

साध्वी अवाक रह गई!

"इतने मन से शब्द-शब्द लेखनी से उकेरती हो लेकिन सबके सामने सुनाने से झिझकती हो।..."

"मैं तो सुनाना चाहती हूँ।"

"जानती हूँ... जानती हूँ... मैं भी अपना तिरस्कार देख चुकी हूँ। सबके सामने लाने की कोशिश में तुम्हारा अपमान होते भी देख चुकी हूँ। तुम मुझे क्यों लिखती हो? ...जब अपनी छोटी बहन को फलता- फूलता देखती हूँ तो कभी प्रेम, कभी ईर्ष्या, तो कभी हीन भावना से ग्रसित हो जाती हूँ। मन कुंठित हो उठता है । ...छोटी रचना मंच पर बड़े चाव से सुनाई जाती है और मेरी बारी आने पर बातें सुनाई जाती है। समाचार पत्रों में भी छोटी बहन (छोटी कविता) को ही अब स्थान दिया जाता है। मेरा तो कोई महत्व ही नहीं है। मुझे जन्म मत दिया करो।"

"आप दुखित मत हो। मैं आपको सोशल मीडिया में लेकर जाती हूँ। वहाँ तो मैं आपको दिल खोलकर पढ़ती हूँ।"

"वहाँ भी शॉट्स का जमाना है। लॉन्ग कौन सुनता है? किताब में प्रकाशित करने के लिए भी आजकल सोलह से बीस पंक्तियाँ ही लिखने का दबाव बनाया जाता है। मेरा अस्तित्व अब तुम ही बताओ!" उसके बाद पूरे कमरे में सन्नाटा छा गया, लेकिन साध्वी के मन-मस्तिष्क में बवंडर उठ खड़ा हुआ। 'समस्या से कैसे उबरा जाए? इस पर विचार करना होगा। अब तो समस्या का हल ढूँढने के लिए पाठकों और श्रोताओं से ही

निवेदन करूँगी।'

निधानीः सुरक्षित स्थान या खजाना

मातृभाषा

"माँ ! मुझे आपको कुछ बताना है ।"

"श्रद्धा, अभी तो विद्यालय से आई हो, पहले खाना खा लो।"

"नहीं माँ, पहले मुझे बताने दीजिए।"

"ठीक है बताओ।"

"मैं आज अंतर-विद्यालय भाषण प्रतियोगिता में हिंदी में भाषण तैयार करके ले गई थी, जिसमें आप ने भी सहयोग किया था।"

"हाँ..."

"इस प्रतियोगिता में दस विद्यालयों के पचास छात्र-छात्राओं ने प्रतिभाग किया। जब मैं शुद्ध हिंदी के साथ अपना भाषण समाप्त कर मंच से उतरी तो कुछ प्रतिभागी मुझ पर हँसने लगे। मैं उस समय कुछ नहीं बोल पाई। क्या शुद्ध हिंदी बोलना उपहास का विषय है?"

"बिल्कुल नहीं, श्रद्धा।"

"जब मैं वापस घर की ओर लौट रही थी; उसमें से कुछ प्रतिभागी जो मुझ पर हँस रहे थे; वे लोग रास्ते में मिले। वे सब एक फल वाले से उलझे हुए थे और अँग्रेजी में अशिष्ट उक्ति का प्रयोग फल वाले पर कर रहे थे। उनकी अशिष्ट भाषा से मैं आहत हो गई। मैंने डाँटते हुए उन लोगों को कहा कि केवल अँग्रेजी में बोलने से कोई ज्ञानी और सभ्य आदमी नहीं होता। संस्कार और व्यवहार ही किसी का असली परिचय होता है। वे लोग मुझसे भी अभद्र व्यवहार करने लगे।"

"ओह ! तब..."

"बगल वाली दुकान में खड़ी महिला सारी बातें सुन रही थीं। उसने उन्हें डाँटा और मेरे इस साहसिक कार्य के लिए शाबाशी देते हुए अपना कार्ड दिया।... मुझे आपके साथ अपने घर पर बुलाया है।"

"अच्छा... !"

"जानती हो माँ, वह महिला मेरे विद्यालय की संरक्षिका भी हैं।"

"वाह ! मेरी शेरनी बेटी ! मुझे तुम पर गर्व है। आज ही शाम को उनके घर चलूँगी।"

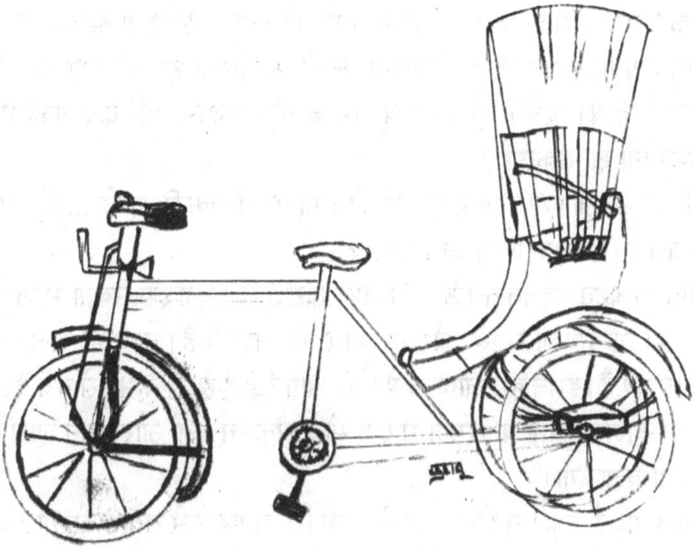

सशक्त

"मंगरू अब महीना भर का मेहमान है, काकी।" बुधनी सुबकते हुए बोली ।

"बुधनी अब तू क्या करेगी? अपने बच्चों का पेट कैसे भरेगी? उसके इलाज में सब कुछ तो स्वाहा कर चुकी है।"

'मंगरू-बुधनी का प्यार पूरी बस्ती में चर्चित था लेकिन दो साल पहले ऐसी बुरी संगत लगी कि उसका हँसता- खेलता जीवन बर्बाद हो गया। उसे जुआ खेलने और पीने की बुरी लत लग गई। मारपीट और गालियों का भी सिलसिला शुरू हो गया था। दोनों बच्चे भी सहमे रहते थे।' बुधनी सोच रही थी तभी बच्चों ने कहा- "माँ! दादी पकौड़ी लाई है। क्या हम दोनों खा सकते हैं?"

"हाँ- हाँ खा लो। माँ से क्यों पूछ रहे हो? माँ को भी एक खिला दे।... सुन बुधनी यह रिक्शा बेच दे। अब यह किस काम का...?"

"मंगरु ने बहुत मेहनत करके यह रिक्शा खरीदा था। मुझे इस रिक्शा में बहुत घुमाया करता था। यह रिक्शा मंगरू और मेरे प्यार की निशानी है। बच्चे भी खेल- खेल कर इसमें बड़े हुए हैं। इसने हम लोगों के पेट की आग बुझाई है।... कैसे इसे बेच दूँ?..."

बोलते-बोलते बुधनी के दिमाग में एक सोच अंकुरित हुआ और उसने जोश से कहा- "मैं रिक्शा चलाऊँगी।"

"पगला गई है क्या! सुकोमल देह के साथ रिक्शा पर कैसे सवारी ढोएगी? दो दिन में तेरा जोश ठंडा हो जाएगा। मोहल्ले में लोग बातें बनाएँगे।"

"उनकी बातों से मेरे बच्चों का पेट नहीं भरेगा, काकी।"

इतना कहकर बुधनी उठी और अपने रिक्शा को साफ करने लगी।

बदलाव

"दादी, दवाई ले लीजिए।"

"तुम्हारी आलसी माँ कहाँ है?"

"माँ रसोई में बर्तन धो रही है।"

"क्यों...?"

"आज काम पर कोयली काकी नहीं आई है।"

"उस मेज पर रख दे।"

"मेरी एक पुरानी सहेली का कॉल आ रहा है।"

"... लेकिन माँ ने कहा है आपके दवाई खाने का समय हो गया है।"

"सुना नहीं, बाद में खा लूँगी। माँ की चमची! अब जा यहाँ से...।"

कृतिका उदास हो कर चली गई ।

"हैलो! सुनीता क्या हुआ? तुम्हारी आवाज में मुझे दर्द महसूस हो रहा है।"

"हाँ रश्मि; दो दिन बाद मुझे वृद्धाश्रम भेजा जा रहा है।"

"क्या!... क्यों सखी?"

"बेटा-बहू कहते हैं कि उन्हें मैं बहुत परेशान करती हूँ। बीमारी का बहाना बनाकर सेवा करवाना चाहती हूँ। मेरे इलाज में बहुत पैसे खर्च होते हैं।"

"क्या...??"

"मैं भी तो बहू को बहुत सताती थी। परेशान होकर उसी ने यह समाधान निकाला है कि वह भी खुश रहेंगे और मैं भी खुश रहूँगी।"

"सुनीता, अपने बेटे से बात करवाओ। मैं समझाती हूँ।"

"रश्मि अब कोई लाभ नहीं।"

"मैं हर बात पर हमेशा डाँट देती थी। हमेशा उसके मायके का नाम लेकर उलाहना देती थी। गर्भावस्था के समय बहुत सताती थी। मेरे बुरे कर्म का फल मुझे आज मिल रहा है। मुझसे वृद्धाश्रम में मिलने आना, रश्मि।" सुनीता ने रोते हुए फोन रख दिया।

"माँ जी, आपने दवाई अभी तक नहीं ली...?"

"ले रही हूँ बहू। कृतिका कहाँ है?"

"मुझे दादी को दवाई नहीं खिलाना, यह कह कर खेलने चली गई।"

रश्मि को एक झटका सा महसूस हुआ। 'मेरे बच्चे मेरा कितना ख्याल रखते हैं और

हर वक्त मैं झिड़क देती हूँ। मुझे भी अपने-आप को बदलना होगा।'

"माँ जी, दवा लीजिए।"

"क्या तेरा सब काम हो गया?"

"हाँ, बस अब रात का खाना बनाना है।"

"मेरे पास बैठ ।"

"ठीक है, माँ जी।"

"आप यह क्या कर रही हैं? नहीं - नहीं माँ जी...।"

"क्यों नहीं करूँ? क्या तुम नहीं करती हो बहू? जब तुम मेरे हाथ-पैर में मालिश कर सकती हो तो मैं क्यों नहीं तुम्हारे पैर दबा सकती हूँ?... मैं भी तो तुम्हारी माँ जैसी हूँ।"

अद्भुत मिलन

"वृद्धाश्रम के बगल में जो घर था अब अनाथाश्रम बन गया है। कई अनाथ बच्चों को लाया गया है। आज उस घर के सामने जो उद्यान है, वहाँ बच्चों के साथ हमें समय बिताने को मिलेगा।" साठ वर्षीया कल्याणी सत्तर वर्षीया वसुंधरा से बोली।

"सच में यह बहुत अच्छी बात है। मुझे बच्चों के साथ समय बिताना अच्छा लगता है। जब मैं अपने नातियों -पोतियों से घिरी रहती थी तब उनकी तुतलाती हुई बातों को सुनना मुझे अच्छा लगता था।" वसुंधरा मुस्कुराते हुए रो पड़ी।

"अब मत रो वसुंधरा अपना सपना पूरा करने के लिए बच्चों की बोली सुनने के लिए तुझे उद्यान तक तो चलना ही पड़ेगा।"

"हाँ- हाँ कल्याणी मेरा डंडा दे दे और मैं जो रंग -बिरंगी टोपियाँ बनाई हूँ, उनको भी मेरे बक्से से निकाल कर मेरे थैले में डाल दे। पहली बार उन बच्चों से मिलूँगी, खाली हाथ कैसे मिलूँ?... जल्दी कर कल्याणी मेरी व्याकुलता बढ़ रही है।"

"कुछ बच्चे खेल रहे हैं और कुछ बच्चे उदास दिख रहे हैं और सबसे उदास वह बच्ची लग रही है जो एकदम कोने में बैठी है, वसुंधरा ।"

"कल्याणी ! तुम सभी टोपियों को बाँट दो और यह टोपी मुझे दो। यह टोपी मैं उसे खुद पहनाऊँगी।"

"यह तुम्हारे लिए है गुड़िया। प्यारी गुड़िया क्यों उदास है? नानी को बताओ।"

"क्या आप मेरी नानी हैं?"

"हाँ गुड़िया, नानी जैसी ही हूँ।"

बच्ची गौर से वसुंधरा को देखने लगी। "आप नानी जैसी नहीं आप मेरी नानी माँ हैं और मैं आपकी परी।" बच्ची इतना कहकर वसुंधरा से लिपट कर रोने लगी।

"मेरी परी... मेरी बच्ची... तुम यहाँ अनाथाश्रम में क्या कर रही हो?... कितनी बड़ी हो गई हो।"

"आपको जब मामा पाँच साल पहले वृद्धाश्रम भेज रहे थे तब माँ-पापा में आपको रखने की बात पर झगड़ा हुआ था और पापा ने मना कर दिया था। दो साल पहले मेरी माँ की मृत्यु कैंसर से हो गई। दस महीने पहले पापा ने दूसरी शादी कर ली। जैसे ही दूसरी माँ को बेटा हुआ। पापा-दादी ने मुझे यहाँ भेज दिया।"

परी की बात सुन वसुंधरा उसे गले लगा कर फूट-फूट कर रोने लगी। यह देख कल्याणी के आँखों में भी आँसू आ गए और कहा- "वसुंधरा, तुम्हारी प्रार्थना सफल हुई। यह संयोग नहीं ईश्वर की इच्छा है।"

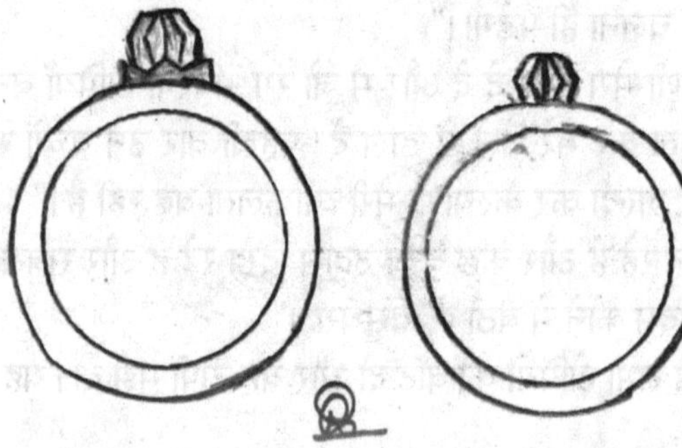

अनमोल उपहार

"क्या आपने मेरे पर्स को संभाल कर रख दिया है?"

"नहीं, मान्या।"

"मैंने अपने सिर के नीचे रखा था लेकिन नहीं मिल रहा है।"

"सही से देखो, मान्या! हो सकता है तुमने सूटकेस में डाल दिया होगा।"

"नहीं जी! सूटकेस की चाबी आपके पास थी और आप सो चुके थे इसलिए मैंने आपको जगाना उचित नहीं समझा।... जब मुझे झपकी आने लगी तब मैंने पर्स को अपने सिर के नीचे रख लिया और सो गई।... नींद खुली तो मुझे लगा कि आपने मेरे पर्स को सूटकेस में रख दिया है।"

"क्या!... लगता है पर्स चोरी हो गया। साइड बर्थ का भी एक बड़ा नुकसान है।"

"मुझे नींद क्यों आई? मैं इतनी लापरवाह कैसे हो सकती हूँ? मुझे सोने के पहले आपको जगाना चाहिए था।" बोलते-बोलते मान्या फूट-फूट कर रोने लगी।

"मत रोओ मान्या! पर्स में क्या-क्या था, याद है?"

"हाँ एक हजार रुपए थे; जो मौसी ने दिया था। सारे जरूरी कागजात और टिकट तो आपके पास हैं। प्रसाधन सामग्री और..." बोलते-बोलते फिर सिसकने लगी।

"...और क्या मान्या?"

"सगाई के समय जो आपने उपहार के रूप में मुझे मोबाइल दिया था।... चोरी हो गया।" मान्या ने अब अपना चेहरा छुपा लिया और सुबकने लगी। तब तक उस बोगी में आस-पास के यात्री भी पूछने लगे ।

निर्मल ने भगवान को धन्यवाद देते हुए कहा, "...पर ईश्वर ने मेरा पहला अनमोल उपहार चोरी होने से बचा लिया।"

"कौन सा उपहार?"

"मेरी प्यारी मान्या।"

आस-पास बैठे सभी मुस्कुरा दिए और मान्या झेंप गई।

दोहरी जिम्मेदारी

"क्या हुआ आप खोये-खोये लग रहे हैं?"

"जिससे तुम चेकअप करवा रही हो; वह मुझे स्कूल की बैचमेट लग रही है। वह मास्क में थी इसलिए पहचानने में मुश्किल हो रही थी। तीस वर्ष भी बीत गए हैं इसलिए चेहरे में भी बदलाव आना स्वाभाविक है।"

"उस समय मुझे क्यों नहीं बताएँ?"

"मेरे स्कूल के व्हाट्सएप समूह में भी नहीं है। एक बैचमेट से बात भी की लेकिन उसने कहा कि वह सोशल मीडिया से दूर है।" रंजीत ने अनु को कारण बताया।

"आपको पूछना चाहिए था।"

"मुझे पूछना उचित नहीं लगा और हिचक भी थी, इसलिए नहीं पूछ पाया।"

"कोई बात नहीं। कल मुझे फिर से चेकअप के लिए जाना है, आप उनसे पूछ लीजिएगा।"

अगली सुबह अनु का पूरा चेकअप हो गया और दवाइयों की पर्ची डॉक्टर स्नेहा ने लिखकर जब दिया और रंजीत कुछ नहीं बोले तब चुलबुली अनु ने अपने पति के संकोची स्वभाव को समझते हुए पूछ लिया, "क्या आप जमशेदपुर से हैं?" डॉक्टर स्नेहा ने जवाब में जब हाँ कहा तब रंजीत की झिझक चली गई। उसके बाद रंजीत और डॉक्टर स्नेहा के बीच तीस साल के बाद मिलने वाले दोस्त की तरह खूब बातें होने लगी कॉफ़ी के साथ। अनु को भी उन दोनों की बातों में असीम आनंद की अनुभूति हुई। रंजीत ने जब डॉक्टर स्नेहा को स्कूल के आगामी मिलन समारोह में आने और स्कूल के व्हाट्सएप ग्रुप में शामिल करने की बात कही तब उसने मना कर दिया और कहा, "मैं अपने चिकित्सीय पेशे के साथ पारिवारिक जिम्मेदारी से भी घिरी हुई हूँ इसलिए समयाभाव है।"

अनु डॉक्टर स्नेहा को देखते हुए बस यही बुदबुदा रही थी, 'चाहे लड़कियाँ कितनी भी पढ़-लिख जाए, बड़े-बड़े पदों में नियुक्त हो जाए। अपनी इच्छाओं को खुशी-खुशी त्याग कर परिवार की खुशी के लिए कर्तव्य का कठोर कवच धारण कर ही लेती हैं और उफ्फ तक नहीं करती।'

"मैम! ओ०टी० तैयार है।" नर्स ने कहा।

"अनु... तुम्हारी कॉफ़ी तो पूरी ठंडी हो गई है। जल्दी चलो बच्चे इंतजार कर रहे होंगे।"

"हाँ...हाँ..."

रंजीत के साथ अनु भी डॉक्टर स्नेहा का अभिवादन कर बिना रुके खुशी-खुशी अपने कर्तव्य की ओर चल पड़ी।

प्रण

"तुम क्यों उदास लग रही हो, प्रीति?"

"कुछ नहीं, निशा!"

"हम दोनों अपने पतियों के साथ घूमने आए हैं। हम दोनों हमउम्र हैं, इस तरह हम दोनों सहेलियाँ हैं। तुम मुझसे अपनी बातें साझा कर सकती हो। निःसंकोच कहो।"

"सखी! शादी के बाद हम लोग यहाँ घूमने आए हैं, बहुत अच्छी बात है लेकिन इनका धूम्रपान और मदिरापान करना मुझे अच्छा नहीं लगता।"

"इतनी छोटी सी बात के लिए तुम उदास हो।"

"कल तो मेरे सामने मेरे चेहरे पर धुआँ उड़ा रहे थे और आज दोपहर को खुद पी रहे थे और मुझे भी पिलाने का प्रयत्न करने लगे जो मेरे लिए असहनीय पीड़ा थी।"

"यह बात है...?? थोड़ी सी शराब पीने से कोई नुकसान नहीं होता।"

"नुकसान होता है या नहीं, मैं नहीं जानती लेकिन इतना जरूर जानती हूँ कि जो मुझे संस्कार दिया गया है उसमें मदिरापान और धूम्रपान की अनुमति नहीं है और स्वास्थ्य के लिए नुकसानदेय है। मैं अपने जीवनसाथी को भी इसके लिए मना करूँगी।"

"ओह डियर! तुम्हारी सोच तो बहुत पुराने जमाने की है। इक्कीसवीं सदी की तो बिल्कुल ही नहीं। वैसे भी यदि तुम उन्हें मना करोगी तो वह छिपकर इसका सेवन करेंगे इसलिए सामने सेवन करने की छूट तुम्हें देनी चाहिए।"

"मैं आपकी बात से पूरी तरह असहमत नहीं हूँ लेकिन जब भी वह मेरे सामने सेवन करेंगे तो उसके धुएँ से मेरा स्वास्थ्य भी प्रभावित हो सकता है।"

"ओह! सच में...।"

"उनके और अपने स्वस्थ जीवन के लिए मैं प्रयासरत रहूँगी। चाहे मेरी सोच को छोटी समझी जाए। अपने उत्कृष्ट विचार को सभी के समक्ष सही सिद्ध करके रहूँगी।" इतनी साधारण सी दिखने वाली प्रीति को अपने बातों पर अडिग देखकर आधुनिक निशा हतप्रभ रह गई।

अकेला चना भी

"हाँ बिल्कुल, सभी साथ देंगे। परेशानी तो सभी को है। अभी आप इस समस्या को सामने देख भी सकते हैं। आपने मदद करने का वादा किया था।"

"हाँ मुझे याद है, मैं दस-पंद्रह मिनट में पहुँच जाऊँगा। आप सभी को पार्किंग में एकत्रित करके रखें।"

"ठीक है, तब तक मैं सभी से बात करती हूँ। ... हैलो!"

"हैलो! तब से मैं रिंग कर रही हूँ, तुम काट क्यों रही हो?"

"मैंने तुम्हें पहले भी बताया था, प्रत्येक दिन धुएँ के घुटन से हम सभी परेशान हो गए हैं। जब भी उधर पार्टी होती है, विवाह भवन का मालिक पार्टी का कचरा हम लोग के अपार्टमेंट के सामने जलवा देता है।"

"हाँ, याद आया...जिसमें प्लास्टिक का भी सामान होता है। यह कई घातक बीमारियों को आमंत्रित करने का माध्यम है।"

"बिल्कुल...प्रदूषित वातावरण हमारे जीवन के लिए विष समान है। किसी की परेशानी शिक्षित होते हुए भी वे लोग नहीं समझते हैं। मैं कई बार उन लोगों से विनती कर चुकी हूँ लेकिन उनके कान में जूँ तक नहीं रेंगती है इसलिए मीडिया वालों को बुलाई हूँ।" बहन को बताते हुए विजया ने पड़ोसन के दरवाजे की घंटी बजाई।

"अभी रखती हूँ। बाद में बात करूँगी।"

"क्या हुआ... विजया?"

"इलेक्ट्रॉनिक मीडियावाले आने वाले हैं। हमारी परेशानी को वे लोग अपने न्यूज़ चैनल के माध्यम से दिखाएँगे। हम सभी को पार्किंग में एक साथ अपनी बातों को रखना है।"

"मैं नहीं आ सकूँगी। मुझे जरूरी काम है।"

"लेकिन यह तो सभी की परेशानी है सभी को मिलकर बोलना होगा।"

"तुम किसी और को बुला लो।"

टिंगटौंग... "आज तो मेरा बच्चा बीमार है।"

"मुझे बाजार जाना है।"

"मेरे घुटने में बहुत दर्द है।"

"विजया! मुझे दूर रखो इन सब बातों से...।"

"मैम! सेक्रेटरी सर कहाँ हैं?"

"वह तो मार्केट गए हैं।"

"ओह ! उनका होना बहुत जरूरी है ? गाड़ी तो नीचे लगी हुई है। कब तक आएँगे ?"

"पैदल गए हैं।... पता नहीं।"

"मैं आपके निवेदन पर पूरी टीम के साथ न्यूज़ कवर करने के लिए पहुँच गया हूँ।... आप यहाँ अकेली क्यों खड़ी हैं ? आपकी टीम कहाँ है ?"

"सभी ने कहा था, मिलकर आवाज उठाएँगे। फिर आज क्यों अपनी बात से मुकर रहे हैं ? बचपन से ही पढ़ा है 'एकता में बल होता है' लेकिन..."

"तो क्या आप अकेले ही... !"

"हाँ, मैं ही काफी हूँ।"

"वर्तमान में सभी चाहते हैं भगत सिंह और झाँसी की रानी पैदा हो लेकिन पड़ोस के घर में...।" सभी आवाज की ओर मुड़े। सबकी नजर अपनी ओर देखकर कैमरामैन चुप हो गया।

अनोखा उपाय

"मैं दो साल बाद कुत्ता खरीद लूँगी।"

"सुधा! मुझे आश्चर्य हो रहा है, तुम ने यह निर्णय कब लिया? जहाँ तक मैं जानती हूँ तुम्हें कुत्तों से असहजता महसूस होती है।"

"हाँ बिल्कुल, महिमा! मैं आज भी कुत्तों के साथ सहज नहीं हो पाती हूँ। मैं जानवरों की सेवा नहीं कर सकती। मैं दूर से उन्हें भोजन दे सकती हूँ लेकिन अपने गोद में बिठा नहीं सकती और उन्हें छूने में डर लगता है।"

"फिर क्यों खरीदने का सोच रही हो?"

"अपने बेटे के लिए..."

"क्या आपके बेटे को कुत्तों से बहुत लगाव है?"

"नहीं, उसे कोई खास लगाव नहीं है।"

"तो फिर क्यों..."

"संयुक्त परिवार के प्रेम से बच्चे वंचित रहते हैं। पूरा समय अपने माता-पिता के साथ व्यतीत नहीं कर सकते हैं। मेरा बेटा इकलौता है और किशोरावस्था में पहुँचने वाला है। इस उम्र में जल्दी ही भटकाव होता है। उनकी मनोदशा अलग होती है। वह गलत संगत में नहीं पड़े और व्यस्त रहे इसलिए मैंने सोच-समझकर निर्णय लिया है।" सुधा का तरीका सुनकर महिमा हतप्रभ रह गई।

चौखट

"मॉम यहाँ तो चारों ओर पार्क ही पार्क है।"

"नहीं संकेत, इसे खेत कहते हैं जहाँ किसान अनाज उपजाते हैं और वही अनाज शहरों में उनकी कड़ी मेहनत के बाद हमारे पास पहुँचता है।"

"आई हैव रेड इन माई कोर्स बुक। वाऊ! लुक्स लाइक हेवन!"

"यू आर राइट, संकेत। हम जहाँ जा रहे हैं वहाँ सभी से हिंदी में ही बात कीजिएगा, ओके।"

"ओके मॉम ..."

"आप किनसे मिलने जा रही हैं, मॉम? ...नो ...नो ... माँ।"

"मैं अपने नानी घर जा रही हूँ। नानी ईश्वर के पास चली गई हैं लेकिन वहाँ मेरे मामा-मामी रहते हैं। वे किसान हैं।"

"वाह! उनसे मिलकर बहुत मजा आएगा। मैं भी खेत में जाऊँगा।"

वे लोग गाँव के घर पहुँच गए।

"प्रणाम मामी जी।... मामा जी कहाँ हैं?"

"खेत गए हैं। आते ही होंगे।...सभी भीतर चलिए। शाम में बाहर बैठिएगा।... बेटा तो रसगुल्ला जैसा है, सौम्या।"

सभी हँस देते हैं ।

"माँ! यहाँ इतना ऊँचा क्या है और मुख्य द्वार इतना छोटा क्यों है? अंदर आने में झुकना पड़ता है।"

"इसे 'डेहरी' बोलते हैं। हाँ, छोटा तो है। पता नहीं क्यों...?"

"बिटवा, हमारे बुजुर्ग कहते हैं जब भी घर में प्रवेश करो, अपने गर्व को बाहर छोड़कर करो।... घर रूपी पवित्र मंदिर में झुककर अंदर प्रवेश करना चाहिए और हृदय से निवेदन करना चाहिए कि मैं आपके शरण में आ गया हूँ। सभी विपदाओं से बचाइए और रक्षा कीजिए।"

"मामी, आपके मुख से निकली शिक्षाप्रद पंक्तियों के समक्ष मेरी आधुनिक सोच पिछड़ी हुई है।"

भेदभाव

"माँ जी, डॉली बाहर लॉन में मोबाइल पर किसी से बात कर रही है। उसने पल्लू भी सिर पर नहीं रखा है। क्या मैं उसे अंदर बुला लूँ?"

"कोई बात नहीं, रहने दो।"

अपनी सास की बात सुनकर शीला बुदबुदाने लगी, 'शादी करके ससुराल में आए हुए साल भर बीत गए हैं लेकिन आज भी बिना पल्लू के नहीं रहती हूँ। लॉन में मुझे जाने की अनुमति भी नहीं है। मेरी देवरानी की तो पंद्रह दिन पहले ही शादी हुई है और माँ जी उसे सिर पर पल्लू तक नहीं लेने बोल रही हैं। ऐसा क्यों?"

उसने घड़ी देखा तो मन ही मन बुदबुदाई, 'एक घंटा बीत चुका है और वह बातें कर ही रही है।'

उसने हिम्मत करके सास से पूछा, "माँ जी! डॉली बिना पल्लू के बाहर लॉन में एक घंटा से है और आप कह रही हैं 'कोई बात नहीं।' मुझे तो आप लॉन में घूमने नहीं देती हैं। यदि कपड़े सुखाने जाती हूँ तो पल्लू लेकर।... दोनों बहुएँ आपकी हैं, फिर अंतर क्यों?"

"तुम दोनों में बहुत अंतर है। डॉली पढ़ी- लिखी है। नौकरी वाली है। बड़े शहर से आई है।... और तुम... छोटे शहर की घरेलू लड़की हो।"

"माँ जी, पढ़ी-लिखी तो मैं भी हूँ। शादी के पहले नौकरी मैं भी करती थी। आपकी सेवा के लिए..."

तभी मुख्य द्वार से अंदर आते हुए डॉली चहक कर बोली, "मुझे साड़ी कैरी करने में हेवी लगता है। मैंने ऑनलाइन लेटेस्ट डिजाइन का स्कर्ट-टॉप पसंद किया है। आप भी देखिए।" डॉली ने मोबाइल सासू माँ की ओर बढ़ा दिया।

शीला मूकदर्शक बनकर देखती रही।

मिलेट्स

“यह भी पार्लर में मिल गई तो साथ आ गई। कल किट्टी भी तो जाना है। आज क्या बनाई हैं?”

“आज लाल मिर्च का अचार बनाई हूँ।”

“आराधना भाभी, जो मूंग बड़ी और रागी तिलोरी आपने दिए थे, वह बहुत स्वादिष्ट है। थोड़ा और पैक कर दीजिए। इसके लिए पापड़ भी पैक कर दीजिए। यह जब से खायी है तब से आपकी फैन हो गई।”

“दस मिनट आप दोनों बैठिए। मैं लाती हूँ।”

“यह तो तुम्हारे उम्र की लगती हैं फिर तुम इन्हें भाभी क्यों बोलती हो?”

“ओह डियर! शी इज़ वैरी बैकवर्ड। देख नहीं रही चिप्स, बड़ी, तिलौरी फ्लैट में भी बनाती है । एकदम देहाती लेडी है। आज के समय में कौन बनाता है?”

“आपको समझ में नहीं आएगा, चाची!... माँ!... इधर सुनिए।” चहकते हुए बेटी बोली।

“क्या...?”

“ये पैकेट्स जो आपने बनाए हैं उसे अंदर रख लीजिए। जौ, ज्वार, बाजरा और रागी की बड़ी, तिलौरी और पापड़ के लिए जो आवेदन मैंने ऑनलाइन भरा था, पूरे शहर में सिर्फ आपका ही चयन हुआ है और आपको स्टॉल लगाने के लिए नई दिल्ली के ‘मेले’ में स्थान मिला है। जहाँ प्रधानमंत्री द्वारा आपको सम्मानित भी किया जाएगा।।”

यह सुनकर दोनों आश्चर्य से एक-दूसरे का मुँह देखती रह गईं।

स्वार्थ

"रसोई घर में क्या कर रही हो?"

"कुछ नहीं, दोपहर के लिए भोजन तैयार कर रही हूँ।" शुभांगी के अचानक पहुँचते ही नीता घबरा गई।

"लाओ, मैं भी तुम्हारी मदद कर देती हूँ। बताओ। क्या करूँ?"

"कुछ नहीं तुम लिविंग रूम में बैठो। मैं सब काम निबटाकर आती हूँ।"

"तुम यहाँ अकेली काम करती रहोगी और मैं वहाँ अकेली बैठी रहूँगी, यह मुझे नहीं पसंद है। अच्छा होगा हम दोनों यहाँ बातें करते हुए काम करें। तुम्हारा भी काम हो जाएगा और मेरा भी मन लगा रहेगा।"

"ठीक है।"

"तुम सब्जियाँ निकाल दो, मैं धोकर काट देती हूँ।"

"निकाल रही हूँ।"

शुभांगी जब इधर-उधर देख रही थी तब उसकी नजर अचानक से माइक्रोवेव के ऊपर पड़ी। "नीता, इसमें बहुत ज्यादा कीड़ा लगा हुआ है।"

"पापड़ों को बाहर धूप में सुखाने के लिए निकाली हूँ।"

"लेकिन यह सब खाने लायक ही नहीं है।" पापड़ को उठाते हुए शुभांगी बोली।

"मैं जानती हूँ।"

"जानते हुए भी क्यों खिलाना चाहती हो? इसे फेंक दो नहीं तो हमारी तबीयत खराब हो जाएगी।"

"नहीं-नहीं मैं इसे झाड़ कर अपनी कामवाली को दे दूँगी। उसे पता नहीं चलेगा।"

"इतने कीड़ों वाला पापड़...??"

युक्ति

"चंदन! मैं बहुत ज्यादा खुश हूँ। मेरी जिंदगी में खुशियों के रंग भर गए हैं।"

"श्रेयांश तुम कहाँ थे? पंद्रह दिनों से स्कूल नहीं आ रहे थे और न मेरा कॉल उठा रहे थे। आज स्कूल आए हो तो इतना चहक रहे हो, कारण तो बताओ।"

"तुम तो जानते हो, दो वर्षों से मेरे माता-पिता तलाक के लिए लगातार एक-दूसरे पर केस कर रहे थे। कोर्ट द्वारा नियुक्त मध्यस्थता केंद्र में मेरे माता-पिता के बीच अंतिम सुनवाई थी। मध्यस्थ जज के अंतिम बार भी पूछने पर दोनों अलग होने के निर्णय पर अडिग थे। मैं वहाँ रोने लगा। उपस्थित जज अंकल ने पूछा कि बेटा आप किसके साथ रहना चाहते हो तब मैंने भी उनसे प्रश्न किया कि मेरे माता-पिता दोनों साथ क्यों नहीं रह सकते? उन्होंने प्यार से समझाया कि आपके माता-पिता एक-दूसरे से अलग रहकर खुश रहना चाहते हैं इसलिए उनका तलाक हो रहा है।"

"श्रेयांश! उसके बाद क्या हुआ?"

"अनायास ही मेरे मुँह से निकला, 'जज अंकल, मैं रहूँगा तो दोनों के साथ नहीं तो किसी के साथ नहीं रहूँगा। मुझे अनाथाश्रम भेज दीजिए। मुझे भी इन दोनों से तलाक चाहिए।' और जज अंकल को पकड़ कर रोने लगा। फिर उन्हें भी साथ रहने का निर्णय अपने बारह वर्षीय बेटे के ज़िद और भविष्य के लिए लेना पड़ा।"

"श्रेयांश! तुम्हारे तलाक का निर्णय आइडिया बनकर शायद मेरी जिंदगी और भविष्य भी सुधार दे। धन्यवाद दोस्त।"

प्रतिकार

"सोना, जब तुम दो वर्ष की थी तब मैंने तुम्हारा जन्मदिन 'ममता अनाथाश्रम' में मनाया था। वहाँ के बच्चों ने बहुत ही सुंदर स्वागत गीत सुनाया था तब से मैं उनसे प्रभावित होकर हर वर्ष बिस्किट्स, चॉकलेट्स, मिठाईयाँ और साथ में पुराने खिलौने और पुराने कपड़े भी जमा करके तुम्हारे जन्मदिन के अवसर में बाँटने जाती थी।"

"यह तो बहुत अच्छी बात है।"

"कुछ वर्षों से नहीं जा पा रही हूँ।"

"ओह!"

"इस जन्मदिवस में तुम भी चलो। तुम्हें भी देखना चाहिए। आज तुम अपने हाथों से देना।"

"ठीक है माँ।"

"चार वर्ष पूर्व ही तो आई थी। अनाथाश्रम इन चार वर्षों में बहुत ही बदल गया है। दस वर्ष पहले यह झोपड़ी हुआ करता था।"

"कहाँ अंदर चले आ रहे हैं, मैडम जी।"

"मैं पहले हर वर्ष यहाँ आया करती थी। बच्चों को कपड़े और मिठाइयाँ बाँटती थी। आप नए आए हैं क्या?"

"जी हाँ। रुकिए! मैं मैनेजर साहब से बात करता हूँ।"

"ठीक है।"

"आप अंदर जा सकती हैं।"

"धन्यवाद।"

"मैनेजर साहब! अनाथाश्रम का तो काया पलट हो गया है। बच्चे कहाँ हैं? उनके स्वागत गीत को मुझे अपनी बेटी को भी सुनाना है और मिठाइयाँ भी बाँटनी हैं।"

"फंड लाए हैं कैश या चेक?"

"फंड... फंड! नहीं।"

"तो आप जो भी लाए हैं, उसे उस बड़े बॉक्स में डाल दीजिए। जब आना हो तो फंड के साथ आइएगा।"

"मैनेजर साहब, बच्चों से अपनी बेटी को मिलवाना चाहती हूँ।"

"मैं थोड़ा व्यस्त हूँ, अब आप जा सकती हैं।"

"माँ मुझे इस बॉक्स में अपने पुराने खिलौने नहीं डालना है। ऐसी जगह नहीं देना है।"

सोना ने माँ से बैग लिया और बढ़ गई मुख्य द्वार की ओर...।

बुरी बहुएँ

"आप तो मेरी जेठानी हैं। मुझसे बड़ी हैं। कोई उपाय निकाल सकती हैं, कृपया बताइए।"

"मैं भी इस समस्या से अवगत हूँ। समस्या का उपाय तो एक ही है लेकिन इस उपाय तक पहुँचा कैसे जाए? यह भी एक समस्या है। तुम्हारे जेठ जी और देवर जी भी शांत और गंभीर हैं। उनके सामने मुँह ही नहीं खुलता है। उनके हाँ में हाँ और न में न मिलाते रहते हैं, जिससे उनको समस्याओं से अवगत कराना कठिन हो जाता है।"

"आप बिल्कुल सही कह रही हैं। घुटनों के ऑपरेशन के बाद उन्हें डॉक्टर ने भी चलने और व्यायाम करने को कहा था लेकिन वह तो चलना भी नहीं चाहती हैं। आज ऐसा हो गया है कि डॉक्टर स्पॉन्डिलाइटिस के कारण कमर का ऑपरेशन करने को कह रहा है। उनकी परेशानी अब और भी बढ़ जाएगी। कोई उपाय जल्दी निकालना पड़ेगा।"

"मैं तुम्हारी बात से सहमत हूँ। वह भुंजा की तरह दवाइयाँ खा रही हैं। बहू होने के कारण कुछ भी कहो, मतलब गलत ही निकाला जाता है।"

"सही बोल रही हैं।"

"वाह! बात करते-करते एक उपाय सूझा है।"

"क्या...?"

"सासू माँ को ठीक करना अब हम दोनों की जिम्मेदारी है। कभी-कभी टेढ़ी ऊँगली से घी निकालना ही पड़ता है।"

"जल्दी बताइए। मैं भी जानना चाहती हूँ।"

"उनके स्वस्थ जीवन के लिए उनकी गतिविधियों और कार्यक्षमता को बढ़ाने के लिए हम दोनों को कुछ समय के लिए कठोर व्यवहार करना पड़ेगा। क्या तैयार हो?"

संकल्प

"दीपक! तुम्हारे जीजाजी मुझसे डिवोर्स लेना चाहते हैं।"

"दीदी! मजाक क्यों कर रही हो? यह कैसे संभव है? वह तुम्हें और बच्चों को बहुत प्यार करते हैं। तुम्हारा परिवार तो सुखी परिवार है। यहाँ जीजाजी का उदाहरण दिया जाता है कि उनके जैसा पारिवारिक और नेक इंसान दीया लेकर ढूँढने पर भी नहीं मिलेगा।"

"दीपक! जल्दी आओ। उन्होंने साइन कर दिया है और मुझे आज ही साइन करने बोल रहे हैं।"

"ठीक है... आता हूँ। चार घंटे आने में लगेंगे। माँ को भी बता देता हूँ।"

"जीजाजी! मैं नाश्ता करने नहीं आया हूँ। कुछ बोलिए। इस तरह यह कागज दिखाने से नहीं चलेगा। शादी के दस साल बाद यह क्यों हो रहा है?... दीदी तुम्हारी सास कहाँ है? वह क्यों नहीं ये सब रोक रही हैं?... जीजाजी चुप क्यों हैं? कुछ बताइएगा, तभी तो बात समझ में आएगी।"

"आप तो जानते हैं, मेरी दस-ग्यारह घंटों की ड्यूटी हो जाती है। तुम्हारी दीदी को स्पेस चाहिए। माँ के साथ नहीं रहना चाहती है। बच्चे भी दादी से बात नहीं करते थे। समय पर भोजन भी नहीं दिया जाता था। वह कोने में पड़ी-पड़ी रोया करती थी। कुछ न कुछ कलह का वातावरण बना रहता था। जब वह सहन नहीं कर पाई तो घर में शांति बनाए रखने के लिए माँ ने ही मुझे वृद्धाश्रम पहुँचाने की जिद कर दी। मैंने सभी को बहुत समझाया लेकिन कोई भी नहीं समझा।... पिताजी की मृत्यु के बाद माँ ने कितने कष्टों से मुझे पाला और इस लायक बनाया कि मैं सरकारी पदाधिकारी बन सकूँ।... दो दिन पहले उन्हें वृद्धाश्रम में भारी मन से छोड़ते हुए मेरी अंतरात्मा ने मुझे धिक्कारा। तब मैंने भी फॉर्म भरा और यह निर्णय लिया कि मैं यह घर और बैंक अकाउंट तुम्हारी दीदी के नाम करके और डिवोर्स देकर अपनी माँ के साथ वृद्धाश्रम रहने चला जाऊँ क्योंकि मुझे भी स्पेस चाहिए।"

दीपक को एक झटका लगा। दीदी को आश्चर्य से देखते हुए, उसने पूछा, "क्या यह सच है?" लेकिन दीदी तो आत्मग्लानि से भरी हुई ड्राइंग रूम में टंगी हुई परिवार की तस्वीर देख रही थी।

नई दिशा

"क्या अंजना कॉलेज से आ गई है?"

"हाँ, अपने कमरे में है। क्या बात है? बड़े खुश नजर आ रहे हैं।... मिठाई का इतना बड़ा डब्बा क्यों लाए हैं?"

"खुशी की ही बात है। बेटी द्वारा किये गए इस कार्य ने पूरे परिवार को गौरवान्वित किया है।... अंजना और माँ को यहाँ बुला लो। मिठाई प्लेट में सजाकर ले आओ। सबके सामने ही बताऊँगा।"

"क्या हुआ पापा?"

"आओ अंजना बेटू, मेरे पास बैठो। पहले तुम्हें मिठाई खिलाऊँगा तब बताऊँगा।"

"पापा! मैंने खा लिया। दादी भी आ गई। अब तो बताइए, क्या बात है?"

"क्या हुआ बेटा?"

"महिला उद्यमियों की संस्था में जुड़कर तुमने जितने भी कढ़ाई-बुनाई के बैग, सलवार सूट, साड़ियाँ, चादर, कुशन, पेंटिंग्स प्रदर्शनी के लिए लगवाई थी, उसे लोगों द्वारा बहुत पसंद किया गया है। तुमने जो प्रयास किया था, वह सफल हो गया। सबसे खुशी की बात है कि पुरस्कृत भी किया गया है। पुरस्कार लेने इस रविवार को जाना है।"

"वाह! यह तो सच में बहुत ही खुशी की बात है।

"मेरी प्यारी दादी! आपके द्वारा बनाए गए सभी कढ़ाई, बुनाई और सिलाई की चीजों को लक्ष्मी देवी के नाम से प्रदर्शनी में लगवाई थी।"

"क्या हुआ? पूरी बात बताओ, मेरी लाडो।"

दादी के मुँह में अंजना एक मिठाई का टुकड़ा डालकर बोली- "दादी! आपकी कला पुरस्कृत हुई है। अब आपके जीवन को एक नया मोड़ मिलेगा। आप सबके लिए प्रेरणा बनेंगी।"

प्रभार

"हर वर्ष ताऊजी और पिताजी ये सब खरीद कर क्या करते हैं? माँ बताओ, न।"

"बाद में बताऊँगी। थोड़ी और बड़ी हो जाओ।"

"माँ, मैं अब बारह साल की हो गई हूँ और सब समझ सकती हूँ।"

"अच्छा मेरी समझदार बिटिया! आज तुम्हें बताऊँगी और दिखाऊँगी भी। आज हमारी मानवी बिटिया भी हमारे साथ चलेगी। अब तो ठीक है, न।"

"हिप-हिप हुर्रे..."

"जल्दी तैयार हो जाओ।"

"सभी कंबलों और अनाज के पैकेटों को क्यों पिताजी और ताऊजी भवन की ओर ले जा रहे हैं?"

"वहाँ कंबलों और अनाज के पैकेटों को बाँटना है।"

"आज के दिन ही क्यों बाँटना है?"

"... क्योंकि आपकी दादी माँ की आज पुण्यतिथि है। उनकी अंतिम इच्छा थी कि उनके मरणोपरांत हर वर्ष यहाँ कंबलों और अनाज के पैकेटों को बाँटा जाए।"

"यह कौन सा स्थान है?"

"तुम तो पढ़ सकती हो। भवन में लगे बोर्ड पर नाम को स्वयं पढ़ लो।"

"श्या...मा... वृ..द्धा..श्रम..., श्यामा वृद्धाश्रम... श्यामा दादा जी की माँ का नाम है। मुझे दादी माँ ने बताया था।"

"हाँ मानवी! उनकी सोच को आगे भी परंपरा की तरह निभाना है। अभी ताऊ जी यहाँ के प्रभारी हैं। हम सभी के बाद आप इस भवन के देखने की तुम जिम्मेदारी लेना, लोगी न।"

सारी बातें जानने के बाद मानवी की आँखें चमक उठी और हृदय में खुशी भरकर प्रण लेते हुए कहा- "हाँ माँ, बिल्कुल लूँगी।"

अनहोनी

'आज मुझे बहुत ही खुशी की अनुभूति हो रही है। काश! ऐसा सभी करने लगे तो अनहोनी को टाला जा सकता है।' महिमा बुदबुदाते हुए अपने सीट पर सुकून से बैठ गई।

"माँ, मैं देख रहा हूँ कि आप बहुत देर से सोचते हुए मुस्कुरा रही हैं।"

"बेटा! यदि हम दोनों एक घंटा और नहीं बैठते तो शायद मुझे इतनी खुशी नहीं मिल पाती।"

"मैं समझा नहीं...।"

"तुम्हें याद है; जब तुम बार-बार रेस्टोरेंट से बाहर चलने को बोल रहे थे और मैं नहीं निकल रही थी।"

"हाँ, याद है। आप खाने के बाद भी रेस्टोरेंट से बाहर नहीं निकल रही थीं। जब आप नहीं निकलीं तो मैं कुछ मैगजीन खरीदने और टहलने के लिए बाहर निकल गया था।"

"बेटा! मैं अपने सिक्स सेंस से एक होने वाली बड़ी घटना को भाँप गई थी। एक अकेली लड़की वहाँ खाना खा रही थी। रात के 11:30 बज चुके थे। शायद वह अकेले सफर कर रही थी। वहीं एक स्वीपर उसे बहुत घूर रहा था। जब मैंने यह देखा तब मैं अपने टेबल को छोड़कर सामान के साथ उस लड़की के बगल में बैठ गई फिर मैंने उस स्वीपर को घूरना शुरू कर दिया। थोड़ी ही देर में वह वहाँ से चला गया। उस लड़की को भी मेरी बात समझ में आ गई। वह लड़की भी खाना खाकर मेरे साथ बाहर निकली, मुझे धन्यवाद दिया और ट्रेन पकड़ ली।"

"ओ... इसीलिए आप सारे सामान के साथ बाहर थीं।"

"हाँ! ...बेटा, आप भी ऐसी घटना को होने से रोक सकते हो।"

"बिल्कुल, माँ।"

"कल मैं इस घटना को मंच पर जागरूकता के लिए सुनाने जा रही हूँ।"

सैनिटरी नैपकिन

"मालती, आज तुम्हें क्या हुआ है? तुम परेशान लग रही हो। बताओ! क्या बात है? मुझसे क्या छुपाना?"

"हाँ, तुमसे क्या छुपाना!... मैं अपनी बहू की हरकत के कारण कुछ परेशान हूँ।"

"मालती, तुम्हारी बहू तो बहुत समझदार है। तुम भी तो बहुत प्यार करती हो। अचानक से क्या हो गया?"

"हाँ, जरूरत से ज्यादा ही समझदार है। कल वह मेरे पोते को ट्रेनिंग दे रही थी।"

"किस चीज की ट्रेनिंग?"

"मासिक धर्म के समय अपनी बहन और माँ के लिए वह सैनिटरी नैपकिन ला दे। गर्म पानी का बैग तैयार कर उन्हें दे।... अजीब औरत है; शर्म-धर्म तो आता नहीं है। तुम्हीं बताओ, जवान बेटा को कोई यह सब समझाता है। और तो और बाजार से भी लाने बोलती है।"

हाँ, यह तो सच में अजीब बात है। आजकल दुनिया उल्टी-पुल्टी चल रही है, मालती।"

"कुछ अजीब बात नहीं है, दोनों प्यारी दादी। मुझे माँ ने एक अच्छा जिम्मेदार पुरुष बनने की शिक्षा दी है। नारी को सम्मान और उनकी पीड़ा में औषधि बन कर सहयोग करना सिखाया है। आपकी भी सेवा करना मुझे माँ ने ही सिखाया है। सैनिटरी नैपकिन लाकर बहन और माँ को देने में न कोई बुराई है और न ही शर्म की बात है।"

पोते की बात सुन और हाथ में सैनिटरी नैपकिन को देख दोनों अवाक देखती रह गईं।

जिद

"अंतिम माह में जो नई सदस्य हमारे समूह में बनी थी, कल उनके बंगले में पार्टी थी।... अपने जन्मदिन के अवसर पर नई सदस्य ने काफी खर्च किया था। पार्टी में नॉनवेज और मदिरा की भी व्यवस्था थी। मुझ पर पीने और खाने के लिए काफी दबाव भी बनाया गया। यह देखकर मैं जल्दी ही वापस आ गई।... पार्टी देर रात तक चली थी।" संस्कृति एक साँस में विश्वास से बोली जा रही थी।

"ओह! मैं भी कितनी बातूनी हूँ।...बाकी बातें खाना लगाने के बाद... आप फ्रेश होकर आइए।"

नॉनवेज की बात सुनकर विश्वास अतीत में खो गया। 'रूप का रूप देखकर ही तो वह पागल सा हो गया था। परिवार के सभी सदस्य रूप को पसंद कर लिये थे बात ही बात में जब दादी और माँ को पता चला कि उनके परिवार में नॉनवेज चलता है तो दादी ने रूप के पिता और भाई से कह दिया कि रूप को नॉनवेज छोड़ना पड़ेगा क्योंकि हमारे यहाँ जो कुलदेवी की पूजा होती है उसमें मांसाहार होना वर्जित है। उसके पिता ने विश्वास दिलाया कि रूप बहुत ही बेमन से खाती है इसलिए वह विवाह के पश्चात बिल्कुल नहीं खाएगी। रिश्ता तय हो गया।... जयमाला वाले मंच पर अचानक उसकी सहेलियों में से एक ने विवाह के बाद नॉनवेज और ड्रिंक पार्टी में मुझे रूप के साथ आने का न्योता दे दिया।... मैंने उससे कहा कि तुम नॉनवेज विवाह पश्चात छोड़ रही हो तब ऐसी पार्टी में कैसे जाओगी! वह क्रोधित होकर बोल दी थी कि यह तुम्हें किसने कह दिया?... जब मैं सारी बात बताते हुए कहा कि आपके पिता ने विश्वास दिलाया था। तो रुप ने तपाक से कह दिया था कि घर के नियम बदल लेना लेकिन मैं अपने आप को नहीं बदलूँगी। उसने जिद में आकर रिश्ता तोड़ दिया। मैं भी अडिग होकर पूरे बारात के साथ वापस हो गया। इस कारण उसकी बहुत बदनामी हुई। मुझे भी परेशानी झेलनी पड़ी लेकिन दो साल के बाद मेरा विवाह संस्कृति से हो गया।'

"आज फ्रेश होने में कितनी देर लगा रहे हैं। खाना लगा चुकी हूँ।"

"आ रहा हूँ।...जो होता है अच्छे के लिए होता है।"

"हाँ...।"

"तुम वह समूह छोड़ दो, संस्कृति।"

"विश्वास जी समूह छोड़ने की मुझे कोई आवश्यकता नहीं है।... मेरी दृढ़ता और परिवार के प्रति सम्मान की भावना से प्रभावित होकर नॉनवेज और मदिरा छोड़ने की

घोषणा मेजबानी कर रही रूप जी ने कल रात को की।"

"रूप जी!!!" विश्वास की आँखें अविश्वास से चौड़ी हो गईं।

प्रतिद्वंदी

"मोबाइल बज रहा है, मालकिन।"

"मैं यहाँ बैठी हूँ, लाकर दे दो, शांता।"

"लीजिए।"

"हैलो।"

"प्रणाम माँजी।"

"कैसी हो बहू?"

"ठीक हूँ, माँ जी। आपने बताया था, न। आज मौनी अमावस्या है।"

"हाँ बताया था। बिना बोले स्नान करना है। मौन रहकर स्नान किया या नहीं??"

"माँ जी, मैं बिना बोले ही प्रातः ब्रह्म मुहूर्त में उठकर बासी घर में झाड़ू लगा दी। फिर केशों को धोकर स्नान करके पूजा भी कर ली। फिर उसके बाद बच्चों को जगायी और उन्हें भी मौन रह कर स्नान करने बोली। दोनों बच्चों ने भी मौन रहकर स्नान करके पूजा किया। ब्रह्म मुहूर्त में उठकर स्नान करने से मन आनंदित है। सभी काम भी सवेरे जल्दी खत्म हो गया।"

"अच्छा! उतना सवेरे तुमने केशों को भी धो लिया??"

"हाँ, माँ जी क्या आपकी नींद नहीं खुली थी?"

"सवेरे ही तो मैं भी मौन रहकर स्नान की। क्या तुमने आज दान किया?"

"माँ जी, आपने तो बस मौन रहकर स्नान करने बोला था। मैंने अपने मन से केशों को धो लिया था। लेकिन दान करने के बारे में जानकारी नहीं थी; इसलिए मैंने नहीं किया।"

"हाँ-हाँ ठीक है, मैं भूल गई बताना। क्या माँ के यहाँ पहले नहीं की थी?"

"कभी नहीं माँ जी। आपने भी तो इसी बार बताया है।"

"हाँ ठीक है, अगले साल से दान कर लेना।... बाद में बात करती हूँ। अभी शांता को जाना है।"

"अच्छा किया दान के बारे में नहीं बताया। जितना बताती हूँ, वह ज्यादा करके दिखाने लगती है। हुँअ...! मैं उसकी सास हूँ । हमेशा उससे ऊपर ही रहूँगी।"

मालकिन को बुदबुदाते हुए देखी तो शांता बोली, "आपकी बहू आपकी बातों को सुनकर ज्यादा करती है तो आपको खुश होना चाहिए। छोटी होते हुए भी उसके विचार शुद्ध हैं।"

शांता के जाने के बाद उसकी पंक्ति कानों में गूँजने लगी। 'छोटी होते हुए भी उसके विचार शुद्ध हैं।...शुद्ध हैं।...'

भले लोग

"अभी तक फूलवाला क्यों नहीं आया है? उसे तो पता है कि आज पूजा है और पूरे घर को फूलों से सजाना है। सगाई की रस्म के लिए लड़के वाले पाँच बजे तक पहुँच भी जाएँगे। कितने काम बाकी हैं और सभी गायब हैं।"

"धैर्य रखो सुगंधा की माँ, सब काम हो जाएगा।"

"मैं कैसे धैर्य रखूँ? सौम्या भी आज सुबह जरूरी काम बता कर चली गई। इतने भले लोगों के लिए मुझसे कोई चूक न हो जाए, बस यही चिंता हो रही है। सादगी से शादी करना चाहते हैं, न लेन-देन की कोई बात की। इतने भले लोगों के लिए सेवा सत्कार में कोई कमी कैसे कर दूँ?"

"चाची, मैं आ गया। फूल कहाँ सजाना है?"

"इतनी देर आने में क्यों लगा दी?"

"कुछ जरूरी काम था।"

"ठीक है। अब जल्दी करो।"

"चाची, मैं भी सुगंधा दीदी को सजाने के लिए आ गई।... मेरी सखी सौम्या कहाँ है?"

"पता नहीं, कहाँ चली गई।"

"माँ! मैं आ गई हूँ। कमरे में आइए, कुछ जरूरी बात करनी है।"

"इतने काम पड़े हैं और पता नहीं क्या जरूरी बात करनी है?" माँ बुदबुदाते हुए सुगंधा के पिता के साथ कमरे में पहुँच गई।

"क्या जरूरी बात है?"

"माँ! मेरी एक दोस्त की दीदी मुंबई में डॉक्टर है। उसकी दीदी अभी घर आई हुई है। जब मैंने उन्हें होने वाले जीजू की तस्वीर दिखाई तब वह चौंक पड़ीं। उन्होंने सारी जानकारी मुझसे और अस्पताल से लिया। अभी उन्हीं के पास से आ रही हूँ।"

"आज क्यों गई थी?"

"अच्छा किया कि वहाँ चली गई। उन्होंने बताया, 'उनके अस्पताल में अपने ट्रीटमेंट के लिए यह लड़का आता है और कैंसर पीड़ित है।' शायद एक या दो वर्ष से ज्यादा जीवित नहीं रह पाएगा।"

"क्या...???" सभी चौंक पड़ें।

जिज्ञासा

"मम्मा बताओ, न! यह क्या है?" शांति अपने आठ वर्षीय बच्चे की उत्सुकता को शांत नहीं कर पा रही है, असमंजस में पड़ी हुई है। टालने का प्रयास करती है। वह भूल भी जाता है लेकिन बार-बार दृश्य सामने आने के कारण उसे वापस याद आ जाता है फिर जानने की उत्सुकता बढ़ जाती है और उसका हठ भी बढ़ जाता है।

शांति बालमन की मनः स्थिति समझ रही है लेकिन वह कुछ नहीं कर पा रही है। उसके पति का भी दूसरे शहर में तबादला हो गया है। शांति के पास भी कोई दूसरा विकल्प नहीं है। एक्टिविटी क्लास भेज कर उसी समय बाजार का सारा काम निबटाती है। इससे बेटा को बिल्कुल अछूता रखना भी मुश्किल है।

"मम्मा बताओ, न! यह क्या है? मुझे जानना है... बस मुझे जानना है।"

"मुझे नहीं पता। चुपचाप जाकर सो जाओ।... तड़ाक!!!!!"

वह रोते-रोते सो गया।

शांति थप्पड़ लगाकर पछताने लगी।

फिर उसने फेसबुक, इंस्टाग्राम और व्हाट्सएप में लिखना शुरू किया। जिससे कुछ लोग का ध्यान तो आकर्षित हो जाए।

सभी सोशल मीडिया दोस्तों, बच्चों के कार्टून के बीच कौंडम और पॉर्न विज्ञापन क्यों आता है? जब मेरे जैसे लाखों परिवार संस्कृति का आवरण अपने जीवन में रखना चाहते हैं तो क्यों...?? क्या इसमें आने वाली पीढ़ियाँ स्वस्थ मानसिकता के साथ जी पाएगी? क्या पूरा परिवार एक साथ टीवी स्क्रीन बैठकर देख पाएगा? इसके लिए कौन सी संस्था हमारी सहायता करेगी और इसके लिए कौन जिम्मेदार है? कृपया बताएँ और इसका निवारण करें।

एक भुक्त भोगी...।

अंतर

"सुगंधिता, यहाँ क्या कर रही हो?"

"मैं तब से उस बच्ची को देख रही हूँ।"

"तुम्हें इस वैवाहिक समारोह में सिर्फ वह बच्ची ही दिखाई दे रही है।"

"तुम भी थोड़ी देर रुक कर ध्यान से देखो, तुम्हें भी पूरे विवाह में वही चार वर्षीय प्यारी सी बच्ची ही दिखाई देगी।"

"हाँ बिल्कुल सही कह रही हो, सुगंधिता। इतने लोगों में सिर्फ वही बच्ची अबोध होते हुए भी समझदार है। बीच-बीच में उसके पिता रोक भी रहे हैं, लेकिन वह लगातार इधर-उधर दौड़कर चीजें अपने छोटे-छोटे हाथों से उठा-उठा कर डब्बे में डाल रही है।"

"तुम्हें सुगंधिता को बुलाने भेजा था और तुम भी यहीं अटक गई। वहाँ रस्म आधा खत्म हो चुका है।"

"आ रही हूँ, चाचीजी। हम दोनों उस प्यारी छोटी सी बच्ची को तब से देख रहे हैं।"

"वह बच्ची! वह आशीष की बच्ची 'जिशा' है। आशीष जापान में रहता है। विवाह में सम्मिलित होने के लिए भारत आया है।"

"हाँ, मुझे भी लग रहा था कि यह भारत में नहीं रहता है क्योंकि वह बार-बार अपनी बच्ची को रोकते हुए कह रहा था कि बेटा यहाँ उठाते-उठाते थक जाओगी लेकिन स्वच्छ नहीं कर पाओगी। शायद उसके बगल में उसकी पत्नी खड़ी है। उससे कह रहा था कि भारत में सिर्फ बड़े-बड़े पोस्टर में स्वच्छता अभियान लिखा होता है और सरकार को दोष देकर सब निश्चिंत हो जाते हैं।"

चैटिंग

"नहीं, मैंने कुछ नहीं किया है। आप मेरी बात का विश्वास कीजिए। उससे मैं बहुत प्यार करता हूँ। उसने ऐसा क्यों किया? उसने इतना बड़ा कदम कैसे उठा लिया? मैं नहीं समझ पा रहा हूँ।"

"बताओ... उसने आत्महत्या क्यों की?"

"हमारे विवाह का अभी तो एक वर्ष भी नहीं बीता है।"

"सच-सच बताओ।"

"हम दोनों के बीच में कभी-कभी विवाद हो जाया करता था लेकिन मैं कभी भी उसे मारता-पीटता या मानसिक यातना नहीं देता था।"

"क्या बिना कोई कारण ही आत्महत्या कर ली। आत्महत्या का कारण बताओ।"

"मैं बताती हूँ।"

"आप!... आप कौन हैं?"

"मैं उस लड़की की माँ हूँ।"

"आपको पता है। बताइए।"

"मुझे पूरी बात नहीं पता है। इसे पता है।"

"अब यह कौन है?"

"यह मेरी बेटी की बचपन की सहेली है।"

"ठीक है... क्या आत्महत्या का कारण तुम जानती हो?"

"हाँ..."

"तो विस्तार से सच-सच बताओ।"

"पिछले सप्ताह जब वह मायके आई थी तब मुझसे भी मिलने मेरे घर आई थी। उसने मुझे बताया था कि सोशल साइट्स पर कई पुरुष उसके मित्र बन गए हैं और उसके पति को यह अच्छा नहीं लगता है। उसके पति सोशल साइट्स से दूर रखना चाहते हैं। पति के साथ इसी कारण विवाद भी होता रहता है। पति का रोक-टोक उसे नहीं पसंद है। माँ-पिताजी को शिकायत करती हूँ तो वह भी मुझे अपने पति की बात मानने के लिए कहते हैं। सब मेरे विरुद्ध हैं।... उसकी बात सुनकर मैंने भी उसे अपने घर-परिवार को संभालने और पति की बात मानने का सुझाव दिया था।... उसके बाद वह क्रोधित होकर बोली, 'कोई मेरी बात नहीं समझता है। सोशल साइट्स के बिना जीवन कैसा! मन करता है, मैं अपने आप को समाप्त कर दूँ।' मैंने उस समय कहा, 'पागल हो गई हो

क्या?' फिर उसने कभी मुझसे बात नहीं की।"

"इतनी छोटी सी बात के लिए उसने इतना बड़ा कदम उठा लिया। विश्वास नहीं होता। अपना अनमोल जीवन ही समाप्त कर लिया।" इंस्पेक्टर के मुख से अनायास ही निकल पड़ा।

E - Girl

रील्स

"मैं अपनी बेटी से बहुत परेशान हूँ।"

"क्या हुआ?... क्यों ऐसा बोल रही हो?"

"हर समय वह सोशल मीडिया में व्यस्त रहती है। पहले वीडियो बनाती है फिर पोस्ट करती है। उसके बाद लाइक्स, कमेंट्स, सब्सक्राइबर, शेयर देखने में लग जाती हैं। पढ़ने का समय व्यर्थ के इन कामों में बिता देती है।"

"प्यार से समझाया करो।"

"समझाती हूँ या मना करती हूँ तो मेरे ऊपर क्रोधित हो जाती है।... पढ़ाई में बिल्कुल ध्यान नहीं देती है। वीडियो बनाने और पोस्ट करने की उसे लत लग गई है।"

"यदि इतनी समस्या है तो इसका हल निकालना तो बहुत जरूरी है।"

"कैसे इस समस्या का हल निकलेगा? मुझे कुछ समझ में नहीं आ रहा है।"

"मेरी एक बचपन की सहेली है, शायद उसकी सहायता से तुम्हारी समस्या का हल मिल जाए।"

"ठीक है।"

"अरे हाँ! मेरे घर पर ही वह अभी आने वाली है। ऐसा करो मेरे साथ ही चलो तुम्हें मिलवा देती हूँ।"

"ठीक है, मैं तैयार होकर चलती हूँ।"

"तब तक मैं सारी बात उसे कॉल करके बता देती हूँ।"

सहेली के आते ही कहा-

"इनसे मिलो यह मेरी पड़ोसन हैं। तुमसे अभी इन्हीं के बारे में बात कर रही थी।"

"नमस्ते।"

"नमस्ते।"

"इनसे मिलो...यह मेरी बचपन की सहेली और इस शहर की बहुत बड़ी मनोचिकित्सक और परामर्श विशेषज्ञ है।"

"मनोचिकित्सक!!! आप इनसे क्यों मिलवा रही हैं??... मेरी बेटी को कोई मानसिक बीमारी नहीं है।"

"मैडम बैठिए, इतना उत्तेजित होना ठीक नहीं। मनोचिकित्सक केवल मानसिक बीमारियों का ही इलाज नहीं करते हैं बल्कि इस तरह की समस्याओं का भी निदान कर सकते हैं।"

"मैं इस बात को यदि मान भी लूँ तो समाज तो मेरी बेटी को मानसिक रोगी ही समझेंगे, न। मेरी बेटी को कोई समस्या नहीं है।... मैं जा रही हूँ, भाभी।"

"यदि आपको अपनी बेटी को एक नई दिशा देनी है तो कल मेरे क्लीनिक पर आ जाइएगा। मैं अपनी बेटी समझ कर उसके जीवन में सकारात्मक ऊर्जा भरने का प्रयास करूँगी।"

जाते-जाते उसके पग अपनी बेटी के लिए...।

गँवार कि समझदार

'मैंने हमेशा उसे गलत समझा। सभी के सामने लज्जित किया लेकिन वह चुपचाप सुनती रही। उसके सरल स्वभाव और संस्कारवान होने को मैंने उसका गँवारपन समझा और उसी नाम से संबोधित भी करती रही । वह सब कुछ सहते हुए भी घर का काम-काज करती रही। मेरी किट्टी पार्टी में भी चुपचाप सब काम करते हुए तरह-तरह के व्यंजन बना देती। कुछ सहेलियाँ तो उससे परिचित न होने के कारण उसे नौकरानी ही समझ लेती थी।'

उस दिन मैंने उससे पूछ ही लिया था, 'कई तरह के व्यंजन कैसे बना लेती हो? तुझे क्या पार्टी का शौक नहीं है? तब उसने कितने प्यार से बोला था, नहीं माँ जी।'

'मुझे कभी-कभी उसके भोलेपन पर चिढ़ होती थी, उसकी छोटी-छोटी गलतियों पर एक अवसर भी बेइज्जत करने का नहीं छोड़ती और वह कभी बुरा नहीं मानती थी।' अस्पताल में प्रार्थना करते हुए ईश्वर से अपनी पीड़ा और गलतियों के लिए बबिता बुदबुदाकर क्षमा माँग रही थी।

"माँ जी... माँ जी!"

"हाँ!"

"आप क्यों चिंतित हो रही हैं? अकेले में क्यों सिसक रही हैं?"

उन्होंने गौर से बहू को देखा।

"माँ जी, अब सब ठीक हो जाएगा। मैंने फीस भर दी है। पिताजी का ऑपरेशन आराम से हो जाएगा।"

"इतने पैसे तुम्हारे पास कहाँ से आए?"

"आपने जो मुझे आशीर्वादी स्वरूप पैसे दिए थे, वही हैं। मेरे भैया कुछ पैसे लेकर कल पहुँचेंगे। उससे आगे का खर्च...।"

'आज इसने तो सब समस्या हल कर दी। मैं ही हीरा की परख नहीं कर पाई।'

बबिता फिर बुदबुदाने लगी।

"चलिए माँ जी, पिताजी के अच्छे स्वास्थ्य के लिए हॉल में ईश्वर से प्रार्थना करते हैं।"

जन्मदिन

"इस बार बिटिया के जन्मदिन पर पार्टी कहाँ दे रही हो?"

"मैंने तो उसे बार-बार कहा कि तुम्हारे जन्मदिन की पार्टी में तुम्हारे दोस्तों को बुला लेती हूँ या मॉल चलो वहाँ मना लेती हूँ या पार्क में मना देती हूँ लेकिन उसने सभी में मना कर दिया। पिछले साल ही तो उसने कहा था, 'आपको हर वर्ष जन्मदिन की पार्टी देनी पड़ेगी यदि परीक्षा भी होगी तब भी पार्टी में सभी दोस्तों को बुलाऊँगी।' इस बार इसको क्या हो गया है! मैं तो सोच कर चिंतित थी क्योंकि इसके पिता भी अपने नौकरी के कारण नहीं आ पा रहे थे।"

"उसका मन क्या है?"

"मैं अपनी बच्ची को विशेष खुशी देना चाहती थी। बहुत पूछने के बाद उसने बताया कि मैं अपना जन्मदिन अनाथ आश्रम के बच्चों के साथ मना कर उन्हें खुशी देना चाहती हूँ। तब मेरी चिंता जैसे दूर हो गई।

"वाह! बिटिया की बहुत अच्छी सोच है।"

"आज उसके चेहरे में अलग सी चमक दिखाई दे रही है। उसके चेहरे की चमक से मुझे खुशी हो रही है। आज उसकी सोच के सामने मेरे जन्मदिन मनाने का तरीका मुझे ही फीका लगा।"

"हाँ, सही कह रही हो।"

"माँ!"

"मैं बाद में बात करती हूँ। मुझे बिटिया बुला रही है।"

"माँ, मैंने सब सामान मिला लिया है। केक भी आ गया है। आप भी एक बार देख लीजिए। मोबाइल में दिखा रहा है, कैब भी दस मिनट में पहुँच जाएगा।"

"हाँ बिटिया, चलो मिला लेती हूँ। हर वर्ष जन्मदिन आता है लेकिन इस बारहवें जन्मदिन को नई सोच के साथ तुम मनाने जा रही हो। एक बार फिर से जन्मदिन की बहुत-बहुत बधाई। मुझे तुम पर गर्व है।"

कुल्हिया-चुकिया

"मुझे मन नहीं लग रहा है।"

"हाँ, मैं भी तब से मोबाइल पर गेम खेलते-खेलते ऊब गई हूँ। बाहर जाकर भी नहीं खेल सकते, कोई पार्क भी नहीं है।"

"छत पर कितनी धूप है!"

"चलो बच्चों, दिवाली के बाद तुम्हारे सन्डे को फनडे बनाते हैं।"

"कैसे मम्मा?"

"आज कुछ नए रंग-बिरंगे खेल खेलते हैं।"

"कौन सा खेल, बताइए?"

"मुझे आधे घंटे का और काम है। निबटाकर बताती हूँ।"

"मम्मा, इससे तो पूजा करते हैं।"

"हाँ बच्चों, पूजोपरांत इसके साथ खेलते हैं।"

"हमें इससे खेलने नहीं आता है।"

"कोई बात नहीं। चलो, मैं भी तुम्हारे साथ खेलते हुए बताते जाती हूँ।"

"ठीक है।"

"इसे घरौंदा कहते हैं और मिट्टी के बर्तनों को कुल्हिया-चुकिया। इसमें बहुत सारे बर्तन हैं जैसे सुराही, बाल्टी, कड़ाही, चारघरवा, हाँडी-ढक्कन, सिलबट्टा, ओखल-मूसल, जाता, चूल्हा, चकला-बेलन, ग्वालन।

"इससे कैसे खेलना है?"

"जाता से हम लोग अनाज पीसेंगे, ओखल-मूसल से मसाला कूटेंगे, सिलबट्टा से मसाला पीसेंगे, सुराही में जल भर कर रखेंगे।"

"लेकिन अनाज तो बाजार से पैकेट में आता है तो क्यों पीसेंगे, मसाला पीसने के लिए मिक्सी होता है, सुराही में क्यों पानी भर कर रखेंगे जब फ्रिज और आर० ओ० हो तो...। इससे कपड़े भी गंदे हो जाएँगे। ऐसा गंदा खेल हमें नहीं खेलना है। सब खिलौनों से रंग हाथों में लग रहा है।...एकदम झूठा, बेकार और उबाऊ खेल है।"

माँ निःशब्द बच्चों को देखती रही और सोचने लगी 'क्या इसमें मेरे परवरिश का दोष है या...।'

विश्वासघात

“राजन, कितने दिन हो गए मित्र, तुमसे मिले हुए।” राघव अपने कॉलेज के मित्र का अपने घर पर स्वागत करते हुए गले मिलकर बोला।

“राघव, हमारी दोस्ती कॉलेज से ही है। उसके बाद अपनी-अपनी दुनिया में व्यस्त हो गए थे लेकिन अब मेरा इस शहर में तबादला हो गया है। अब तो मिलना-जुलना होता रहेगा। अभी मेरा यहाँ आए हुए पंद्रह दिन भी नहीं हुए हैं और आते के साथ तुम्हारे पास मिलने आ गया।”

“यही तो हमारी दोस्ती की शान है।”

“अभी तक तू किराए के मकान में ही रह रहा है।”

“मैंने एक जमीन खरीदी है, कुछ सालों बाद इस किराए के मकान को छोड़ दूँगा।” - राघव ने राजन को बताया।

राजन ने पूछा - “किससे खरीदी है, सभी कागजी कार्यवाही पूरी कर ली, न।”

“यार! मेरे बचपन के मित्र सरोज ने मुझे यह जमीन दिलवाई है। उस पर मैं अपने-आप से भी ज्यादा विश्वास करता हूँ।”

“हाँ, वो सब तो ठीक है। मुझे अपने जमीन के कागज तो दिखाओ, यार। मैं भी सहायक निबंधक के पद पर हूँ।”

सारे कागजात राघव हँसते हुए ले आया। “लो देख लो।”

राजन ने देखा और उसकी आँखें बड़ी हो गईं। तब उसने पूछा- “क्या हुआ? देख लो जितना देखना है, मेरा मित्र सरोज ने यह हीरा जमीन दिलवाई है।”

“क्या तुमने पूरे पैसे दे दिए?”

राघव ने हाँ में सिर हिला दिया। तब राजन ने सांत्वना देते हुए बोला- “मित्र, तुमने आँखें बंद कर विश्वास किया और तुम्हारे साथ धोखा हुआ है। यह जमीन किसी और के नाम है।”

“यह क्या बोल रहे हो, राजन! अच्छे से देख कर बोलो।”

“मैं अच्छे से देखकर बोल रहा हूँ, राघव।”

“मैंने तो अपनी सारी जमा पूँजी इस जमीन पर लगा दी है। मुझे विश्वास नहीं हो रहा है कि सरोज मेरे साथ ऐसा कर सकता है।” राघव घबराते हुए बोला।

राघव को एक झटका सा लगा। उसके पैरों तले जमीन खिसक गई और आँखों के सामने अंधेरा छाने लगा।

ईर्ष्या

"आ रही हैं, कम उम्र में तीव्र गति से उभरती सुप्रसिद्ध कवयित्री 'मणिका साहित्या' जिनके कंठ और लेखनी में स्वयं माँ शारदा विराजित हैं। आज अपनी सफलता के राज आप सभी से साझा करेंगी। स्वागत कीजिए सुप्रसिद्ध कोकिल कंठ आदरणीया मणिका जी का।"

"इतने सुंदर शब्दों से मुझे सम्मान देने के लिए धन्यवाद। आप सभी के स्नेह से ही मैं आज यहाँ पहुँची हूँ। मैं आपसे इस मंच द्वारा अपनी सफलता के कारण को साझा करने जा रही हूँ। कभी-कभी सभी का आशीर्वाद और साथ मिले यह नहीं होता है। आपके विकास में कई बाधाएँ प्रत्यक्ष-अप्रत्यक्ष रूप से होती हैं। यह आपका चुनाव होगा कि आप किस ओर बढ़ते हैं? कोई आपको नकारात्मक भावना के साथ धक्का भी देगा, आपके मनोबल को छिन्न-भिन्न भी किया जाएगा, लेकिन आप डरे नहीं; बढें.। हमें वह सपना देखना चाहिए जो हमें सोने न दे। आज चारों ओर मीडिया है तो मेरी बात उन तक जरूर पहुँचेगी इसलिए आज मैं उस व्यक्ति का विशेष आभार व्यक्त करती हूँ जिन्होंने मुझे कहा था कि..."

"अरे! माइक को क्या हुआ? आवाज कैसे चली गई?"

"...तुम आगे नहीं बढ़ सकती। आज मंच पर गाओगी, कल रचना सब भूल जाएँगे। मैंने ही तुम्हें इस क्षेत्र को छोड़ देने की आज्ञा दी थी। मेरे मन में तुम्हारे श्रम और उत्कृष्ट रचना के प्रति द्वेष उत्पन्न हो गया था। मैं जानता था कि तुममें बहुत ही ऊर्जा और लगन है। मेरी ईर्ष्या और मेरा अहंकार मेरे रिश्ते पर भारी पड़ गया...।" जोर-जोर से खाँसने लगा।

"अरे यह बुजुर्ग म्यूजिक सिस्टम वाला यहाँ क्या कर रहा है?"

"गुरुजी आप...!!!"

मंचासीन सभी कवि-कवयित्री उन्हें देखने लगे।

जिम्मेदारी

"मैं दस दिनों के बाद आ पाऊँगा। टिकट दस दिनों के बाद का मिला है।"

"क्या!"

"छोटी बहन और घर का तुम्हें ही ध्यान रखना पड़ेगा।"

"माँ को डॉक्टर ने भर्ती कर लिया है। आपके आने में भी काफी देर है। पापा..., मैं कैसे कर पाऊँगी?"

"श्री, आप बिल्कुल कर पाइएगा। अब आप थोड़ी बड़ी हो गई हैं। आपको यह सब करना ही चाहिए।"

"नहीं पापा, मैं कोई काम ठीक से नहीं कर पा रही हूँ। आज समझ में आ रहा है कि माँ कितना काम करती थी! माँ हमेशा मुझे कम से कम अपना काम करने बोलती थीं। लेकिन...लेकिन मैं उनकी बातों पर ध्यान नहीं देती थी और आज सभी काम चट्टान से लग रहे हैं।" श्री रो-री कर अपनी समस्या को बताने लगी।

"हाँ, मैं और तुम्हारी माँ कितना तुम्हें समझाते थे लेकिन तुम हमेशा लापरवाही के साथ कार्य करने को नकार देती थी। घबराने की कोई बात नहीं। अब तुम्हें अवसर मिला है, इस पड़ाव को अपने सूझ-बूझ के साथ पार करना। बिटिया! कभी गाड़ी नाव पर और कभी नाव गाड़ी पर।"

"हाँ पापा।"

"जब तुम करोगी तो तुम्हारी छोटी बहन भी तुमसे सीखेगी। मुझे पूर्ण विश्वास है कि तुम इसमें जरूर सफल होगी, मेरी समझदार बच्ची! मेरा विश्वास और आशीर्वाद हमेशा तुम्हारे साथ रहेगा। आप काज महाकाज।"

"हम्म..."

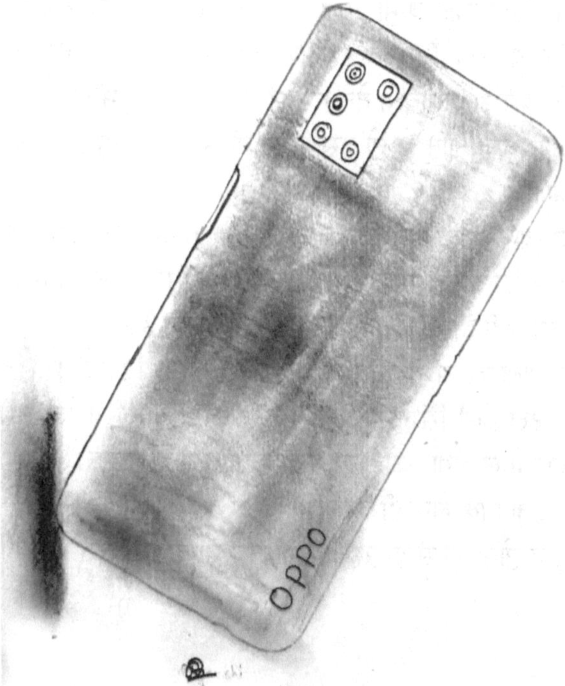
OPPO

लत

"अब रोने से कोई लाभ नहीं है। तुम्हें हिम्मत रखकर उसे भी हिम्मत देनी पड़ेगी। उसके इस कठिन वक्त में उसका साथ एक दोस्त बनकर देना पड़ेगा।"

"माँ, मैं तो हमेशा उसकी दोस्त बनकर रही हूँ। उसकी हर इच्छा का ध्यान रखा है। उसे हर सुविधा मिले कोई कमी न हो, इसका भी मैं हमेशा ध्यान रखी हूँ। जिन सुविधाओं से मैं वंचित रही हूँ, वह न रह सके। फिर मुझसे कहाँ चूक हो गई?"

"चूक तुम्हारे प्यार और सुविधा देने में नहीं हुई है बल्कि तुमने इसमें अति का सहारा ले लिया। कोई भी चीज अति हो तो उसके नकारात्मक परिणाम ही मिलते हैं। उसे लत लग गई है, दीक्षा।"

"माँ, वह बार-बार उसके लिए जिद करती है और मैं उसे नहीं रोक पाती हूँ।"

"दीक्षा, तुम्हें कठोर बनना पड़ेगा। तुम्हें उसके लिए नियम बनाने होंगे।"

"आप ठीक कह रही हैं, माँ।... डॉक्टर ने भी यही कहा है।"

"दीक्षा, उसे मोबाइल से दूर कर दो, नहीं तो गेमिंग डिसऑर्डर, डिजिटल स्ट्रेन, मायोपिया, डिजिटल आई सिंड्रोम, टेक्स्ट नेक्स्ट जैसी बीमारियाँ जो उसे हो चुकी है, उसके जीवन को निगल लेगा। कोई उपाय तो निकालना ही पड़ेगा।"

"हाँ माँ, उपाय तो निकालना ही पड़ेगा।"

"पर पहले तुम्हें मोबाइल से दूर रहना होगा। पर उपदेश, कुशल बहुतेरे।"

अनोखी बहू

"सच में तुम्हारी सोच अद्वितीय है। जो तुम्हारे द्वारा प्रयास किया गया था, आज वह धरातल में दिखाई दे रहा है।"

"लेकिन आपने हमेशा मेरी सोच का विरोध किया था।"

"हाँ किया था। वैसे विरोध समाज ने और खुद माँ ने भी किया था। उस समय नहीं समझ पाया था लेकिन आज मैं ही नहीं पूरा समाज तुम्हारी नई सोच के साथ है। मुझे तुम्हारी सोच पर गर्व है।"

"हाँ बहू, तुम्हारी सोच के सामने आज मैं भी अपनी सोच को बौना पा रही हूँ।"

"बुआ आप कब आईं? प्रणाम बुआ।"

"बुआ जी, सादर प्रणाम।"

"खुश रहो! सौभाग्यवती रहो! मैं यहाँ तुम दोनों को बुलाने आयी हूँ। सभी तुम दोनों का इंतजार कर रहे हैं।"

"जी बुआ जी।"

"सच में तुम अनुपम हो। यह साधारण स्त्री नहीं कर सकती है। अपनी पचपन वर्षीय विधवा सास के पुनर्विवाह के लिए जो तुमने संघर्ष किया, सभी की कड़वी बातें सुनी। अपनी सास को दुल्हन का जोड़ा पहनाकर उसकी जिंदगी में फिर से बहार लाने का कार्य सरल नहीं है।"

"हम्म...।"

"चलो बहू, मुहूर्त निकल जाएगा। सभी इंतजार कर रहे हैं।"

अनुदान

"आप काफी दिनों से यहाँ आ रहे हैं, न? क्या मैं आपका नाम जान सकता हूँ?"

वहाँ खड़े सज्जन से प्रह्लाद ने पूछा ।

"हाँ, अट्ठारह दिनों से... मैं सूरज।" प्रह्लाद से हाथ मिलाते हुए सूरज ने बताया।

"मैं भी तीन सप्ताह से यहाँ आ रहा हूँ।" - प्रह्लाद ने कहा।

तभी दो सज्जन वहाँ पहुँचे। "हैलो! हम दोनों भाई हैं। हम एक महीने से प्रयास कर रहे हैं।" सभी एक-दूसरे को अभिवादन कर ही रहे थे तभी दरबान ने आकर कहा- "साहब आ गए हैं। आप सभी को अंदर बुलाया है।"

सभी प्रधानाचार्य के कार्यालय में अनुमति पश्चात प्रवेश किए।

प्रधानाचार्य सभी को बैठने का इशारा करते हुए कहते हैं- "आप सभी अपने बच्चों का दाखिला इसी विद्यालय में करवाना चाहते हैं इसलिए मैंने आप सभी को एक साथ यहाँ बुलवाया है।"

"हाँ, हम जानना चाहते हैं, आपने क्यों एक साथ बुलाया है?" दोनों भाई एक साथ बोले।

"हाँ, मैं भी जानना चाहता हूँ।" सूरज ने जानने की उत्सुकता दिखाई।

"बता रहा हूँ। धीरज रखिए।"

फिर थोड़ा रुक कर बताया- "वैसे इस कक्षा में सीट नहीं है लेकिन आप लोगों के बार-बार निवेदन को मैं ठुकरा भी नहीं पा रहा। हमारे विद्यालय का नाम इस शहर के सभी विद्यालयों में सबसे ऊपर है। हमारा विद्यालय एक चैरिटेबल सोसाइटी से जुड़ा हुआ है जो गरीबों की मदद करता है। विद्यालय के पास एक जमीन है, वहाँ एक दो मंजिला इमारत बनवाना है। उसे आप लोग मिलकर बनवा दीजिए। इस इमारत में एक कमरा गरीब बच्चों के लिए होगा जिसमें शाम को दो घंटे की कक्षा चलाई जाएगी।"

फिर उन्होंने एक रजिस्टर निकाल कर पढ़ते हुए कहा- "हमारे पास अभी निधि की कमी है। आप सभी व्यवसायी हैं तो आप सभी मिलकर थोड़ा बहुत कर ही सकते हैं।"

सभी की ओर देखते हुए उन्होंने आगे कहा- "मैं कोई डोनेशन नहीं लेता हूँ। चार बच्चों की सीट का जुगाड़ करना बहुत ही मुश्किल है। फिर भी मैं कोशिश कर सकता हूँ। मुझे कुछ जरूरी कार्य से बाहर जाना है। आप सभी मेरे सचिव को अपना निर्णय बता दीजिएगा।"

तभी चाय आ गई। सभी एक-दूसरे को व्याकुल होकर देखने लगे।

प्रसिद्धि

"निकिता राय जी ! जो मशहूर गायिका हैं, आप सभी के समक्ष अपने मधुर गायन के लिए मंच पर आ रही हैं।" सुगंधा चौंक पड़ी। उसके कदम उस आवाज की ओर बढ़ चलें। हॉल के बाहर पोस्टर देख उसके मुख से निकल पड़ा- "यह तो मेरी निकू है, मेरे बचपन की पक्की सहेली।" उसने अंदर जाने की कोशिश की लेकिन दरबान ने रोक दिया फिर उसने पोस्टर से नंबर लिया और घर की ओर चल दी।

रास्ते भर निकू और अपनी दोस्ती के बारे में सोचती रही। 'उन दोनों के बीच गहरी दोस्ती थी। निकिता और सुगंधा की दोस्ती के चर्चे पूरे कक्षा में होती थी। दोनों ही पढ़ाई में काफी अच्छी थी। दोनों बचपन में साथ खेलती और अपना टिफिन भी शेयर करती थी।' सोचते-सोचते सुगंधा घर पहुँच गई। उसने सारा सामान जल्दी से डाइनिंग टेबल पर रख दिया और अपने मोबाइल से कॉल किया लेकिन उधर से कोई जवाब नहीं मिला। वह बार-बार कॉल करती रही। तभी किसी पुरुष ने कॉल उठाया तो हड़बड़ाहट में सुगंधा ने कहा- "हैलो !... निकू निकि ...ता ...राय जी से बात करनी है।"

"आप कौन?"

"जी मैं उसकी बचपन की सहेली बोल रही हूँ, सुगंधा।"

"आप शाम में कीजिए।" दूसरी ओर से आवाज आई।

उसने फिर शाम को प्रयास किया फिर वही आवाज - "आप कौन?"

सुगंधा ने निवेदन करते हुए कहा- "मुझे निकिता जी से बात करनी है। मैं उनकी सहेली... सुगंधा। "कौन है...?"- पीछे से महिला की आवाज आई।

"मैडम, कोई सुगंधा नाम की महिला आपको बचपन की सहेली कह रही है और बात करना चाहती है।"

"क्या फालतू लोगों का फोन उठा लेते हो। कट करो।" सुगंधा के तो होश ही उड़ गए। 'जो सहेली उसके बनाए हुए नोट्स को लेती थी...संग खेलती थी। आज उसे फालतू कह कर पहचानने से भी इंकार कर दी।'

तभी लोकल न्यूज़ को देखते हुए उसके पति ने कहा- "सिर्फ मंच के लिए मशहूर गायिका ने अपने पति से तलाक ले लिया। यह खबर आ रही है। कैसी-कैसी महिलाएँ होती हैं... अपना परिवार सिर्फ मशहूर होने के लिए छोड़ देती हैं।"

"अच्छा ही हुआ कि मैं मशहूर नहीं हूँ। मुझे परिवार चाहिए।" सुगंधा अपने पति को प्यार से देखते हुए बोली।

खाँसी

"कृपया आप बच्ची को मेरे पास से ले जाएँ। मैंने दूध पिला दिया है।" रानी के बोलने पर नर्स रानी से बच्ची को अपने गोद में ले लिया। आठवें महीने के गर्भ से ही रानी को जुकाम था जो अभी तक है और जब भी खाँसती है, उसे स्टिचेस वाले स्थान पर असहनीय पीड़ा होती है। रानी ने फोन पर डर के कारण और उस निश्चय के बारे में अपनी बहन को बताया, "नवजात को अपने से दूर रखूँगी तभी वह सुरक्षित रह पाएगी।"

नर्स बच्ची के साथ वापस आ गई और बोली -

"मैडम, बच्ची रो रही है। आप इसे थोड़ी देर अपने पास रख लें।" बेटी को लेने के लिए ममतामयी हाथ रानी के आगे बढ़े लेकिन झटके से हृदय कठोर कर हाथों को रोककर कहा- "उसे झूला में सुला दीजिए।"

नर्स रानी से पूछी- "क्या आपकी इसके पहले भी कोई संतान है?"

रानी हाँ में सिर हिला दी। "क्या वह भी बेटी है?"

"हाँ, इसके पहले भी बेटी है।"

नर्स ने बच्ची को वापस ले जाते हुए कहा- "इसलिए..."

उसके शब्दों ने रानी के हृदय पर वार किया। उसे रोना और गुस्सा दोनों आया।

"न...ऽ...स..." खाँसी की कर्कश आवाज।

चयन प्रक्रिया

"हमारे शहर की कोकिला सरगम जी मंच की शोभा बढ़ाएँगी, अब इनके आवाज की खनक पूरे देश में गूँजे, यही मंगल कामना पूरे शहरवासी करते हैं।"

सरिता जब मंच पर देखी तो वह चौंक पड़ी।

'यह तो भावना है, एकदम दब्बू सी मेरी जूनियर, कॉलेज में फ्रेशर के रूप में जब आई थी तो सीनियर होने के नाते मैंने इसे गाने के लिए बोला था और इसने नहीं गाया, इसी की दोस्त ने मेरा अपमान भी किया था।' इतने में भावना की मधुर आवाज कानों में पड़ने लगी। 'यह तो सच में बहुत ही मधुर गाती है ।' सरिता ईर्ष्या से भर गई।

'आज मुझे निर्णायक सदस्यों के रूप में राजधानी दिल्ली से बुलाया गया है। इसके प्रति मैं क्या निर्णय सुनाऊँ? एक ओर उसके मधुर आवाज के प्रति ईर्ष्या और अपमान का दंश तो दूसरी ओर सही निर्णय लेने की जिम्मेदारी।'इसी कशमकश में वह झूल रही थी।

तभी उद्घोषक ने घोषणा की, "निर्णायक मंडल के चार सदस्यों का निर्णय जिलाध्यक्ष के पास पहुँच गया। अब लोकप्रिय साहित्यकारा आदरणीया सरिता जी का निर्णय ही आज सभी प्रतिभागियों के भविष्य का निर्णय करेगा कि कौन इस कार्यक्रम का विजेता होगा और इस छोटे शहर का नाम पूरे देश में ऊँचा करेगा।" जब अंतिम निर्णय जिलाध्यक्ष के पास पहुँचा तो वह आश्चर्य से कभी सरिता जी को देख रहे थे तो कभी उस कागज को... क्योंकि एक प्रतिभागी के सामने कोई अंक नहीं लिखा हुआ था।

नई शुरुआत

"बुआ ! आपको कुछ बताना है।"

"बताओ... क्या बात है?"

"कैसे बताऊँ? मुझे डर लग रहा है।"

"मत डरो, गुणी ! मुझे बता सकती हो। भाभी ने एक सप्ताह के लिए तुम्हें मेरे पास छोड़ा है। अभी तुम्हारी जिम्मेदारी मेरे ऊपर है, इसलिए निःसंकोच अपनी बात मुझसे साझा कर सकती हो।"

"बुआ, मुझे कहीं चोट नहीं लगी है लेकिन बार-बार कुछ-कुछ देर में सुबह से खून बह रहा है। मैं बहुत परेशान हो गई हूँ। पेट में दर्द भी हो रहा है। उस स्थान में मैं बार-बार क्रीम लगा रही हूँ लेकिन खून बहना रुक नहीं रहा है।" बारह साल की गुणी ने घबराते हुए सारी बात बुआ को बताई और रोने लगी। "आज तुम सृजन करने योग्य बन गई हो। यह बहुत ही खुशी की बात है। बहुत-बहुत बधाई, प्यारी गुणी।

"बधाई क्यों...??"

"मैं तुम्हें इसके बारे में बताऊँगी। भाभी को तुम्हें पहले ही बता देना चाहिए था जिससे तुम्हें इसका भय नहीं होता। भाभी को समझना चाहिए, यह शर्म की नहीं, सृजन व्यवस्था की बात है।...चलो गुणी !... तुम्हारी नई शुरुआत सेलिब्रेट करते हैं।"

आशा की किरण

बूढ़ी माँ अपने आप को कोसते हुए बुदबुदा रही थी- 'क्यों मैंने इसे अपने घर शरण दिया? काश मैंने उसी दिन इसे नहीं प्रवेश करने दिया होता तो आज पूरे घर को अपने अधिकार में नहीं करती। इसने मेरे परिवार-रिश्तेदार सभी को अपने वश में कर लिया है। क्या करूँ? आज मेरे अस्तित्व पर ही प्रश्नचिन्ह है। पूरे घर से इसने मुझे हटा कर एक कोने में बैठा दिया है। जब यह मेरे घर आई थी तब मैंने इसका सम्मान किया था। आज मुझे मेरे घर से ही निकालने के लिए जाल बिछा रही है। जब चोट की पीड़ा से तड़पती हूँ तब एक कुटिल मुस्कान रख मुझ पर हँसती है। मेरे बच्चों को प्रलोभन देकर अपने वश में कर चुकी है। मेरी सभी प्यारी छोटी बहनों को भी परिचारक कोठरी में जाने को विवश कर चुकी है। मेरी माँ पर इसने ऐसा मीठा विष डाल दिया कि मेरी प्यारी माँ इस घर के बाहर रोगग्रसित होकर अंतिम श्वास गिन रही है। मेरी उस दिन मति मारी गई थी जो मैंने अपने घर का दरवाजा खोल कर हृदय से स्वागत किया था। अतिथियों को हमारे यहाँ देवतुल्य मानते हैं इसलिए मैंने भी माना। मैं हृदय से ही विनम्र हूँ। मेरी छत्रछाया में रहकर अपनी विषैली जड़ें गहराई तक डाल दी और घर की मालकिन बन गई।'

"ओ मैडम जी! क्यों कुढ़कर श्राप दे रही हो? तुम्हारे श्राप से कुछ नहीं होने वाला। इस घर का जो कोना मिला है और तुम्हारे लिए जो हिंदी दिवस मनाया जा रहा है, उसी में खुश रहना सीखो। नहीं तो तुम्हारी भी स्थिति तुम्हारे माँ जैसी हो जाएगी।" अंग्रेजी आंटी ने हँसते हुए चिल्लाकर हिंदी माँ से कहा।

हिंदी बूढ़ी माँ ने आँखों में आँसू भर कर भगवान को याद करते हुए कहा - "हे भगवान! आप ही कोई उपाय निकालिए।" तभी तेज दिव्य प्रकाश पुंज चारों ओर फैल जाता है जिससे बूढ़ी माँ के साथ संस्कृत नानी और सभी मासियों को भावी प्रकाश किरण दिखाई पड़ती है क्योंकि लेखनी, पुस्तक, पुस्तिका और सामाजिक माध्यम (सोशल मीडिया) धारी साहित्यिक भ्राता-भगिनी अवतरित हुए हैं।

अनचाहा शक

'आज मैं कितने दिनों के बाद बहुत हल्का और अच्छा महसूस कर रही हूँ।' मानवी अपना कमरा साफ करते हुए बुदबुदाने लगी। 'राजवीर बहुत ही शांत स्वभाव के कारण बहुत कम ही बात करते हैं। उनके विपरीत मैं चंचल स्वभाव की लेकिन उनके शांत स्वभाव के कारण मैं अपनी बातें साझा करने में हिचकती रही हूँ और इसी कारण संदेह का बीज मेरे मन में घर कर गया था। अच्छा हुआ अपनी बातें मन में ही रख ली। आज विवाह के साठ दिनों बाद मेरे मन से बोझ उतर गया । भानु प्रकाश जी और रंजन जी के साथ जाते तो मुझे बुरा नहीं लगता था। लेकिन इनको कितनी बार कहते सुना 'भोली' के पास जा रहा हूँ। आज 'भोली' के साथ रात में देर हो जाएगी। भोली की दीदी आज बहुत ही स्वादिष्ट खाना खिलाईं। सासू माँ भी जाने से नहीं रोकती थी। फिर एक दिन उन्होंने कहा, "आज मुझे भोली को शादी का एल्बम दिखाना है। शादी में नहीं पहुँचने का उसे दुख है। साथ में दीदी भी आएगी। तुम डिनर तैयार कर लेना।" तभी माँ जी ने पूछा, " क्या भानु प्रकाश के माता-पिता भी आएँगे?" मैंने आश्चर्य से पूछा, "क्या भानु प्रकाश जी भी आ रहे हैं?" तब उन्होंने कहा, "अभी तो बताया भोली एल्बम देखने सपरिवार आ रहा है।" मेरे भी शब्द आश्चर्य और खुशी से अंदर ही रह गए। तब समझ में आया भानु प्रकाश जी को इनके दोस्त प्यार से भोली बुलाते हैं।'

"कितनी देर से कमरा साफ कर रही हो, बहू! कमरा जल्दी साफ करो। डिनर भी तैयार करना है।"

"हाँ माँ जी! बिल्कुल साफ हो गया ।"

'कमरा और मन दोनों।'

पौष्टिक खाद

"इस विषय को अभिभावक संघ ने समझने का प्रयत्न ही नहीं किया। हमें विरोध नहीं करना चाहिए था, हेमा।"

"बिल्कुल सही कह रही हो। नई प्रधानाध्यापिका के निवेदन पर एक वर्ष रुक कर हमने बहुत ही सही निर्णय लिया। जिसका परिणाम आज हमें देखने को मिल रहा है।"

"यदि हम जिद में रहते तो इतना सुंदर दृश्य हमें देखने को नहीं मिलता। बच्चों के सोचने-समझने का तरीका बदल गया है।"

"दोनों में क्या बातें हो रही हैं?"

"कुछ खास नहीं...नई प्रधानाध्यापिका की नई सोच के बारे में बात कर रहे हैं।"

"सच में... सभी अभिभावक आज उनसे बहुत ही प्रभावित हैं। उन्होंने जब अतिरिक्त रोटी लाने की बात की थीं तब हमने विरोध किया था।"

"विद्यालय के आसपास गली-मोहल्लों में बच्चों द्वारा सफाई पर हम सभी इस विद्यालय से अपने बच्चों को निकालने की सोचने लगे थे।"

"अच्छा हुआ हमलोग उनके कहने पर अपना निर्णय एक वर्ष के लिए बदल दिए अन्यथा हम अपने बच्चों को प्रकृति और पशु-पक्षियों के प्रति संवेदनशील होते हुए नहीं देख पाते।"

"बच्चे सहलाते हुए गाय को गौशाला में रोटी खिलाते हैं। आज विद्यालय प्रांगण में पक्षियों को दाना डालकर चहकते हैं।"

"स्वच्छता का महत्व वे सब नहीं जान पाते। आज नई प्रधानाध्यापिका के अच्छे विचारों के कारण हमारे बच्चे भावनात्मक रूप से मजबूत हुए हैं।"

"इस वर्ष से अभिभावक संघ का हर सदस्य इस विद्यालय के इन नियमों का हृदय से सहयोग करेगा।"

हेमा ने कहा, "शुरू से नव कोंपलों में खाद-पानी डालना जरूरी है।"

तीनों ने एक-दूसरे को देखा।

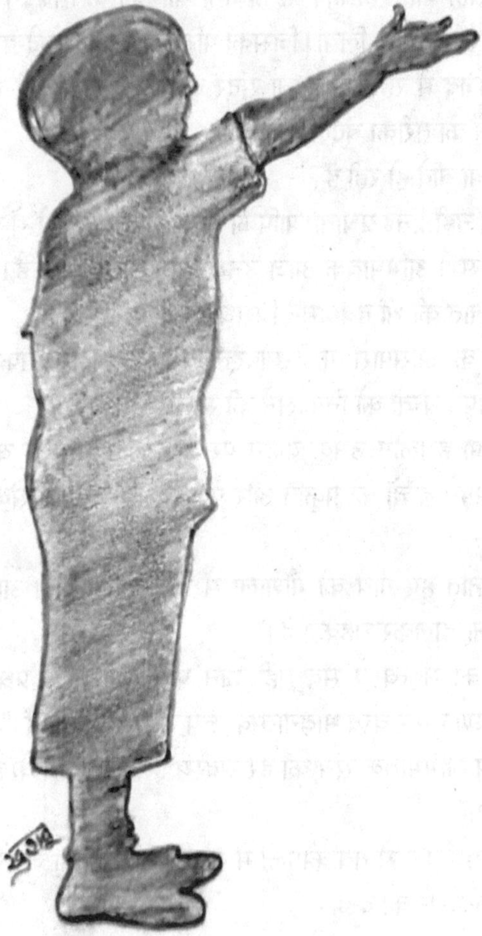

भीख

"आज जो मैंने देखा, उस घटना ने मुझे प्रेरित किया।"

"आपने बाजार से राशन लाते-लाते क्या देख लिया?"

"एक बच्चा भीख माँग रहा था। मुझसे भी माँगा। मैंने पाँच रुपए दे दिए लेकिन उसका क्रम खत्म नहीं हुआ और माँगते-माँगते एक महिला के पास पहुँचा।"

"हम्म... इसके बाद क्या हुआ?"

"वह जल्दी में थी। इतना व्यस्त होने के बाद भी उसने भीख माँगने का कारण पूछा। उसने अपने पेट की ओर इशारा किया। महिला ने तुरंत अपने थैले से एक फल निकाला, वह बच्चा अपनी बहती नाक को दिखाया और उसके पर्स की ओर इशारा करते हुए पैसे माँगे। उस महिला ने रुककर पास ही खड़े ठेले से एक प्लेट चाट का पेमेंट किया। लेकिन..."

"लेकिन क्या...?"

"वह बच्चा उस रुपए की ओर बढ़ा जो रुपए वह महिला चाट वाले को दे रही थी।"

"फिर क्या हुआ...?"

चाट वाले से बोली, "इसे भूख लगी है। एक प्लेट चाट दे दीजिएगा लेकिन पैसे बिल्कुल मत दीजिएगा क्योंकि इस तरह के बच्चे नशा करते हैं जो इन बच्चों के लिए हानिकारक है।"

"उसके बाद वह अपने राशन का थैला लिये आगे बढ़ गई।"

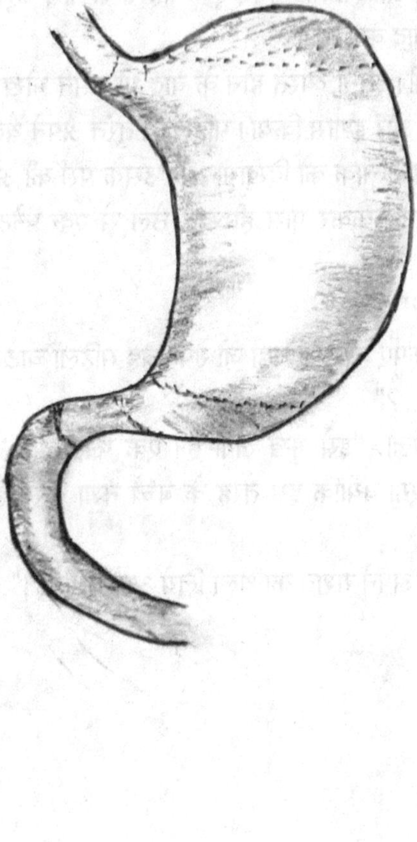

इकलौता पेट

"दो-तीन दिन से नीचे पार्क में घूमने के लिए सुलेखा क्यों नहीं आ रही है?"

"वह बीमार हैं ।"

"क्या हुआ?"

"दस्त और बदहजमी हो गई है।"

"अरे चार दिन पहले ही पार्टी में मिली थी।"

"हाँ आंटी जी, उस पार्टी के बाद ही उनकी तबीयत खराब हो गई। कल डॉक्टर के पास गई थीं।"

"अब कैसी है?"

"डॉक्टर ने कहा है कि दो-तीन दिन में यदि दवाइयों से सुधार नहीं हुआ तो अस्पताल में एडमिट करना पड़ेगा।"

"ओह! ...ईश्वर की कृपा सुलेखा पर बनी रहे।"

"धन्यवाद आंटी जी। मुझे दवाइयाँ लेने जाना है। मैं निकलती हूँ।"

"अरे हाँ याद आया... उस दिन उस पार्टी में लगभग सौ व्यंजन थे। सुलेखा सभी व्यंजनों का स्वाद लेने के लिए हर काउंटर पर जा रही थी। मैंने उसे रोका भी लेकिन उसने कहा कि तू भी चख ले, बहुत ही स्वादिष्ट व्यंजन हैं। किसे खाऊँ, किसे छोड़ूँ!"

"हम्म..."

"इस तरह वह हर व्यंजन चखते चली गई जब उसने मुझपर साथ देने का जोर दिया तब मस्तीखोरी में मैंने कहा कि "अति सर्वत्र वर्जित" ... मेरा एक ही पेट है। इसका मुझे विशेष ख्याल रखना ही पड़ेगा।"

यह सुनकर पार्क में उपस्थित सब लोग सहमति में सिर हिलाने लगे।

सड़क

"देखो-देखो मेरे ऊपर चित्र बनाया गया है लेकिन अब तक किसी ने ऐसा चित्र नहीं बनाया है।"

"हाँ मेरे ऊपर भी वैसा ही चित्र बना है।"

"मैं तुम्हारे पीछे खड़ा हूँ किंतु कोई चित्र मेरे ऊपर नहीं बनाया गया है।"

"मैं तुम सब में सबसे बड़ा और बूढ़ा हूँ लेकिन ऐसा चित्र अपने जीवन काल में मैंने कभी नहीं देखा है। जो भी चित्र बना रहे थे; उन्हें भी मैंने पहली बार देखा है।"

"देखोगे कैसे बरगद काका, जो चित्र आपके तना पर बनाया गया है, वह चित्र नहीं है बल्कि चिन्हित किया गया है कि कौन सा वृक्ष कटेगा।...अभी-अभी तो निर्णय हुआ है कि शहर से इस गाँव तक पक्की सड़क बनेगी।... अब तो चालाकियाँ और भ्रष्टाचार भी इसमें से गुजरेंगे।" सारे वृक्ष घबराहट के साथ उस संदेश वाहक चील को देखने लगे जो अभी-अभी शहर से उड़ता- उड़ता आकर बैठा था।

HOSPITAL

निजी अस्पताल

"कब तक बकरी का दूध पिलाओगे और माँ के बिना इसको पालोगे।...मेरा बेटा एक अफसर को जानता है। मैं उसे तुम्हारे साथ हुई घटना बता दी हूँ। तुम्हें शाम को बुलाया है, मेरे साथ चलना।"

"ठीक है।"

"नमस्ते साहब ! यह मेरा पड़ोसी है, इसकी मदद कीजिए।"

"नमस्ते ! बैठिए, क्या बात है ? पूरी घटना आप खुलकर बताइए।"

"साहब ! मैं पच्चीस दिनों से जन्मजात दूधमुँहा बच्चा पाल रहा हूँ। काम पर भी नहीं जा पा रहा हूँ।"

"विस्तार से बताइए।"

"साहब ! मैं पहले अपनी गर्भवती पत्नी को लेकर सरकारी अस्पताल में गया। वहाँ बेड खाली नहीं था। अपनी पत्नी की खराब हालत देखकर निजी अस्पताल में जाना पड़ा। वहाँ बच्चे का जन्म अच्छे से हो गया। अस्पताल का बिल दो लाख आया।"

"हम्म..."

"मैं एक मनरेगा मजदूर हूँ। मैंने किसी तरह एक लाख रुपया इंतजाम करके जमा कर दिया, लेकिन बचे हुए एक लाख रुपये मैं नहीं दे पा रहा हूँ। मुझे बच्चे के साथ घर भेज दिया और मेरी पत्नी को बंधक बना लिया गया है।"

"अस्पताल प्रबंधन ऐसे कैसे कर सकता है? यह तो बिल्कुल अमानवीय घटना है।...हैलो ! जल्दी से एक टीम तैयार कीजिए। अस्पताल में छापा मारने जाना है।"

विसर्जन

"हैलो लड्डू भैया!

"हैलो छुटकी! कैसी हो?"

"अच्छी नहीं हूँ।"

"क्या तुम्हें बारहवें जन्मदिन का उपहार अच्छा नहीं लगा?"

"भैया! मुझे बहुत पसंद आया लेकिन..."

"लेकिन क्या?"

"मैं अभी बहुत गुस्से में हूँ।"

"क्यों..."

"भैया, मुझे एक बात अच्छी नहीं लगती।"

"तुम्हें क्या नहीं अच्छी लगती है?"

"जब पूजा आता है तो कितना सुंदर चारों ओर लगता है। सभी कितनी प्यारी लगती हैं। हमसब दस-ग्यारह दिनों तक पूजा करते हैं। षष्ठी से माँ के दर्शन करने जाते हैं फिर उन्हें नदी-तालाब में क्यों डूबा देते हैं?"

"मेरी प्यारी छुटकी! इसे विसर्जन कहा जाता है जो पौराणिक समय से चला आ रहा है। मुंबई में भी गणपति बप्पा की मूर्ति पूजा के बाद समुद्र में प्रवाहित की जाती है।"

"भैया, ऐसा क्यों किया जाता है?"

"विसर्जन से गणपति अपने घर चले जाते हैं। दुनिया एक चक्र के रूप में चलती है। जो आता है उसे जाना ही होता है।"

"भैया, मैं आपकी बात समझ गई लेकिन स्कूल जाने के रास्ते में मैंने जो देखा, उसे देखकर मुझे रोना आ गया।"

"तुमने क्या देखा, छुटकी?"

"भैया, दुर्गा माँ की मूर्ति से उनके हाथ अलग हो गए थे। माँ के दिव्य मुख में केवल एक आँख बची हुई थी। सभी मूर्तियाँ बुरी स्थिति में थीं।"

"हम्म्म!... मैं तुम्हारी पीड़ा को समझ सकता हूँ। यहाँ भी मैंने बप्पा की मूर्ति की दुर्दशा को देखा है। मानव संवेदनशील प्राणी होकर भी अपने कुछ कार्यों द्वारा असंवेदनशील बन जाता है। मुझे भी यह देखकर अच्छा नहीं लगता है।"

"लड्डू भैया! इस समस्या से निकलने का कोई बीच का रास्ता जिससे मूर्ति नहीं टूटे और विसर्जन भी हो जाए।"

"यह सोचनीय विषय है। बीच का मार्ग निकालना पड़ेगा...।"

एक गिलास पानी

ठक- ठक... ठक- ठक... ठक-ठक...

'जेठ की दुपहरी में कौन दरवाजा खटखटा रहा है?' फूल बुदबुदाई।

ठक-ठक की आवाज तेज हो गई।

ठक-ठक...ठक-ठक...

"क...क...कौन?..."

"मैं एक सैनिक हूँ। क्या एक गिलास पानी मिल सकता है?"

"मैं दरवाजा खोल नहीं सकती। क्या आपको दिखाई नहीं दे रहा है? दरवाजा बाहर से बंद है।"

"क्षमा करना, मैं किसी तरह अपने आप को घसीट कर यहाँ तक लाया हूँ। मैं घायल हूँ और मेरे तन पर वस्त्र भी बहुत कम हैं।"

"दूसरी ओर बगल में एक खिड़की है। कृपया आप उधर की ओर आ जाइए। मैं तब तक आपके लिए पानी और वस्त्र लाती हूँ।"

"लीजिए...आपको थोड़ा हाथ ऊपर करना होगा।"

"धन्यवाद।"

"यह कुछ मलहम और दर्द की दवाइयाँ हैं। आप खाकर लगा लीजिए।... कुछ वस्त्र पिताजी के हैं, आप पहन लीजिए। तब तक मैं आपके लिए और पानी ले आती हूँ।... अंकल, आपकी यह हालत कैसे हो गई?"

"बॉर्डर के पास मैं गलती से पकड़ा गया था।...मुझे प्रताड़ित भी किया गया लेकिन मैं अवसर पाकर उनके चंगुल से निकलकर भाग आया हूँ।"

"अंदर क्यों बंद हो, बेटा? आपको किसने बंद किया है?"

"पिताजी काम पर जाते हैं तो मुझे बंद करके जाते हैं। मेरा शुभलग्न हो गया है।... मैं आगे पढ़ना चाहती हूँ लेकिन पिताजी कहते हैं, उनके पास पैसे नहीं है और लड़कियों को ज्यादा नहीं पढ़ना चाहिए। माँ का निधन हो गया है। पिताजी सिर्फ भाई को पढ़ाना चाहते हैं, मुझे नहीं।"

"एक कागज और कलम देना।" उस पर सैनिक ने कुछ लिखा।

"यह कागज अपने पिताजी को दिखाकर कहना, सूबेदार विक्रांत सिंह ने बुलाया है। ...पानी पिलाना पुण्य का काम होता है जो तुमने अभी-अभी किया। अब तुम पढ़ोगी। तुम्हारी पढ़ाई की जिम्मेदारी मेरी है।"

"क्या सच में!" फूल की आँखें चमक उठीं। कभी उस कागज को देखती, तो कभी उस गिलास को और कभी उसके सपने को सच करनेवाले व्यक्ति को।

'एक गिलास पानी इतना कीमती?' वह बुदबुदाई।

मान

"गार्ड! एक बच्चा तब से स्कूल के बाहर चारों ओर घूम रहा है। कभी-कभी उसे दीवार से अंदर फाँदने का प्रयत्न करते हुए भी देख रहा हूँ।... वह बच्चा कौन? उसे अंदर लेकर आओ।"

"जी साहब! अभी देखता हूँ।"

"ए लड़का! क्या कर रहा है? यहाँ से भाग।"

"यहाँ से नहीं भागूँगा... बिना अपने काम को पूरा किए हुए।"

"चल... साहब अंदर ऑफिस में बुला रहे हैं।"

"लड़का आ गया है साहब।"

"अंदर भेज दो।"

"क्या मैं अंदर आ सकता हूँ?"

"यस कम इन।"

"नमस्कार! सुप्रभात!"

"सुप्रभात... बैठो।"

"जी धन्यवाद।"

"तुम स्कूल के चारों ओर क्यों घूम रहे हो?"

"क्षमा कीजिएगा। सिर्फ आपके विद्यालय के चारों ओर नहीं घूम रहा हूँ बल्कि अपने प्रण के लिए पूरे शहर में घूम रहा हूँ।"

"प्रण!... कौन सा प्रण??"

"हमें विद्यालय में ध्वजारोहण और तिरंगे को सम्मान करने के लिए कहा जाता है। हम ध्वजारोहण का आयोजन बहुत ही धूमधाम से करते हैं... ध्वज खरीदते भी हैं लेकिन गणतंत्र दिवस और स्वतंत्रता दिवस के बाद उसे कचरे में फेंक देते हैं।"

"हाँ...।"

"मैं उन सभी गिरे-बिखरे ध्वज को एकत्रित करता हूँ। जो कागज के फटे हुए ध्वज होते हैं, उसे एक पानी के बाल्टी में जय हिंद करके विसर्जन करता हूँ और कपड़े के तिरंगे को धोकर-सुखाकर बक्से में सम्मान पूर्वक रख देता हूँ।"

"वाह!"

"आगामी ध्वजारोहण के पहले गरीब बच्चों को उपहार में देता हूँ। जिससे तिरंगे का सम्मान हो और बच्चों में मुस्कान आए।"

उस लड़के की बात सुनकर प्रिंसिपल साहब की आँखें उस लड़के के प्रति सम्मान से झुक गईं।

"तुम्हारा नाम क्या है, बेटा?"

"स्वतंत्र..."

बिना समय गंवाए स्वतंत्र अपने प्रण की ओर बढ़ गया।

www.ingramcontent.com/pod-product-compliance
Lightning Source LLC
LaVergne TN
LVHW032127041026
849518LV00008B/2794
9789347259906